Mordseelügen

Maria Fortmann ermittelt

Bibliografische Information der Deutschen Nationalbibliothek: Die Deutsche National-bibliothek verzeichnet diese Publikation in der Deutschen Nationalbibliografie; detaillierte bibliografische Daten sind im Internet über dnb.dnb.de abrufbar.

Impressum:

© 2019 Marcus Ehrhardt
Herstellung und Verlag:
BoD – Books on Demand, Norderstedt
ISBN: 9783744818742

Korrektorat / Lektorat: Tanja Loibl
Titelgestaltung: MTEL-Design
Bildnachweis: pixabay

Kapitel 1

An den Wänden präsentierten Schaukästen die Kino-poster von Verfilmungen erfolgreicher Bestseller hinter ihrem Glas. Dazwischen hingen gerahmte Zeitungsartikel aus der FAZ, der Welt und anderen überregionalen Printmedien, die die großen Erfolge des familiengeführten Verlagshauses Breitenfeld dokumentierten, das seit den frühen 1920er Jahren als feste Größe in der deutschen Literaturlandschaft verankert war.

Die Stimmung im Konferenzraum war blendend. Die Anwesenden strahlten mit der Sonne, die das Zimmer durch die bodentiefe Fensterfront erhellte, um die Wette. In einer Ecke hielten der Cheflektor und sein Vertreter einen Smalltalk mit der Marketingleiterin, in einer anderen lachte die Sekretärin des Juniorchefs pflichtbewusst über seinen zweideutigen, im Zuge der internationalen Metoo-Debatte höchst bedenklichen Witz.

Auf der Mahagoniplatte des Tisches, an dem bequem vierzehn Menschen sitzen konnten, lagen akkurat acht Entwürfe des Vertrags verteilt, zu dessen Abschluss dieses Meeting anberaumt worden war. Mittig der Tischplatte, umrahmt von Kristallgläsern, wartete eine Flasche Champagner in einem verchromten Kühlbehältnis darauf, geöffnet und zur Feier des Tages geleert zu werden.

Einzig Tom Feldmann musste sich zu seinem Lächeln zwingen. Verstohlen blickte er immer wieder zur Uhr und aus einem der Fenster. Sie befanden sich in der fünften Etage, von wo aus er den Parkplatz vor dem Gebäude gut überblicken konnte. Doch nirgends entdeckte er den schwarzen Lexus seiner Klientin. Wo blieb sie bloß? Tom rechnete bereits seit gut 10 Minuten vergeblich mit ihrem Eintreffen, das passte überhaupt nicht zu ihr. Denn obwohl Isabell Springer manchmal sprunghaft in ihren Launen war – Nomen est Omen –, konnte Tom sich nicht daran erinnern, dass sie jemals unzuverlässig gewesen wäre. Erste Schweißperlen traten auf seine Stirn.

»Tom, ist Ihnen warm?«, wollte Hans Breitenfeld wissen, während die Klimaanlage mit einem leisen Surren für eine angenehme Raumtemperatur sorgte. Der Seniorchef des Verlagshauses lächelte breit.

»Ja, ich bin mehr der Herbsttyp«, log Tom und umschloss mit einer Hand in der Hosentasche sein Handy. Jetzt blickte auch Breitenfeld auf seine schwere Armbanduhr.

»Na, Isabell will uns wohl auf die Folter spannen, was?« Sein Lächeln blieb, doch die Fältchen um seine Augen verschwanden, als er Toms gequälten Gesichtsausdruck sah.

»Ich, äh, sie wird sicher jeden Moment hier sein.« Von Minute zu Minute wuchs die Sorge, dass sie den über Monate eingefädelten Deal platzen lassen würde. Nicht auszudenken, welche Konsequenzen das für sie, aber vor allem für ihn und seinen Ruf als Literaturagent haben würde. Er griff sich an seinen Hemd-kragen und verschaffte sich etwas Luft, indem er den obersten Knopf öffnete.

»Das hoffe ich.« Das Lächeln war fort. »Sie stehen schließlich bei uns im Wort. Was das bedeutet, muss ich Ihnen sicher nicht näher erläutern.« Nein, das musste er in der Tat nicht. Isabell Springer war eines der Zugpferde seiner Agentur. Sollte sie tatsächlich einen Rückzieher machen, würden die Breitenfelds bei ihrer nächsten Golfrunde oder Charity-Veranstaltung schnell dafür sorgen, dass seine Firma auf die rote Liste käme. Das würde, zumindest für eine gewisse Zeit, verhindern, einen Fuß in der Tür der Topverlage behalten zu können. Und so gut stand es finanziell nicht um seine Agentur, dass er sich das hätte leisten können. Wie viele andere machte auch sein Unter-nehmen harte Zeiten durch in der dem Wandel unter-worfenen Branche.

»Entschuldigen Sie mich einen Moment«, sagte er und verließ mit schnellen Schritten den Raum. Draußen lehnte er sich mit dem Rücken an die Wand, zog sein Smartphone hervor und wählte zum wieder-holten Male in der letzten Viertelstunde die Nummer Isabells. Er hielt die Luft an, als das Freizeichen ertönte. »Geh ran, Mädel«, betete er, doch im nächsten Moment schaltete sich die Mailbox an. Er wartete den Signalton ab. »Isa, was ist los? Wo bist du? Sieh zu, dass du hier auftauchst, oder sag mir wenigstens, dass du einen plausiblen Grund hast, noch nicht hier zu sein! Bitte!«

Kapitel 2

Der Stachel der Demütigung saß tief.

»Wenn Sie alle Ihre Klienten so wenig im Griff haben wie die Springer, wundert es mich nicht, dass Sie mit Ihrer Agentur seit Jahren auf der Stelle treten«, hielt Breitenfeld ihm zum Abschluss der gescheiterten Vertragsunterschrift vor, nachdem die Autorin auch eine weitere Viertelstunde später nicht aufgetaucht war. Tom spürte die Blicke aller Anwesenden, die ihn mit einer Mischung aus Verachtung und Mitleid durchbohrten. Jedenfalls fühlte es sich so an.

Das war erst vorbei, als Breitenfeld seinem Team mit einer einzigen Kopfbewegung das Ende der Besprechung signalisierte, worauf alle kommentarlos den Saal verließen und Tom wie einen begossenen Pudel vor der Glasfront stehenließen. »Kriegen Sie Ihren Laden in den Griff«, sagte Breitenfeld, der sich im Türrahmen noch einmal zu ihm umgedreht hatte. »Ansonsten erwarten wir den Vorschuss innerhalb einer Woche zurück auf unser Konto.« Bäm! Das saß. Nicht nur, dass er sich vorgeführt fühlte wie ein Schuljunge, dem vor der versammelten Mädchenschar der Klasse die Hose einschließlich der Unterhose bis zu den Knien heruntergezogen wurde und der sich dem Gekicher und Fingerzeigen ausgesetzt sah – nein, die Existenz seiner Agentur war ernsthaft bedroht. Denn würde er die einhunderttausend Euro, die ihm Breitenfeld vorgestreckt hatte, tatsächlich nächste Woche überweisen müssen, könnte er auf direktem Weg den Insolvenzverwalter aufsuchen.

***

Konrad Breitenfeld beobachtete Tom Feldmann von seinem Büro aus, wie der Agent mit hängenden Schultern zu seinem Porsche schlich. Ein süffisantes Lächeln umspielte seine Lippen. Er hatte seinen Vater bereits vor Tagen davor gewarnt, einen Vertrag mit Isabell Springer abzuschließen – schließlich hatten sie sich schon einmal die Finger an ihr verbrannt. Doch sein alter Herr meinte ja leider nach dem christlichen Motto verfahren zu müssen, jedem eine zweite Chance einzuräumen, egal, wie verwerflich dessen Tat auch gewesen sein mochte. Für Konrad Breitenfeld hingegen zählte einzig der finanzielle Aspekt und bei der Kosten-Nutzen-Abwägung im Geschäftsvorgang Isabell Springer schätzte er die Risiken ungleich höher ein als den zu erwartenden Gewinn. Jedenfalls, wenn man die Gefahr eines Reputationsschadens für den Verlag in die Rechnung mit einbezog. Aber mit dem geplatzten Deal war das Schlimmste vorerst abgewendet und er würde alles in seiner Macht stehende unternehmen, dass es dabei blieb. Da er wusste, dass sein Vater Unzuverlässigkeit verachtete, sollten die Argumente nach dem Nichterscheinen Springers für ihn sprechen. Er griff zu seinem Smartphone und wählte eine Nummer, die weit hinten in seiner Kontaktliste stand.

Während er dem davonfahrenden Feldmann hinterher sah, meldete sich die Stimme seines Gesprächspartners.

»Ja?«

»Gute Arbeit. Feldmann ist gerade unverrichteter Dinge vom Hof gefahren.« Nach einer Pause antwortete der andere in ruhigem Ton:

»Danke. Es war übrigens einfacher als gedacht. Wie geht es weiter?« Jetzt war es Breitenfeld, der sich die Antwort scheinbar genauer überlegen musste.

»Halten Sie sich erstmal zurück, bis Sie neue Instruktionen von mir bekommen.«

»Sie sind der Boss.« Der Angerufene beendete das Gespräch und Breitenfeld ließ sich auf den Bürostuhl hinter seinem, von Manuskripten übersäten, Schreibtisch fallen und legte die Füße hoch. Mit beiden Händen umfasste er das Smartphone und schaute auf das Display. Lächelnd legte er es zur Seite. Seit Jahren konnte er sich auf Charlie Meister verlassen. Immer, wenn schmutzige Arbeit anfiel, griff Konrad zu dieser Geheimwaffe: Er kannte den ehemaligen Soldaten nur vom Telefon. Empfohlen wurde er ihm als jemand, der durch Einsätze im Kosovo und Afghanistan vollkommen abgestumpft und hemmungslos agierte. Das genügte Breitenfeld und er hegte keinerlei Bedürfnis, ihn jemals persönlich zu treffen. Je weniger man den Veteranen mit ihm in Verbindung bringen konnte, umso besser.

***

Je näher Tom dem Strandhaus kam, das Isabell Springer seit einigen Jahren ihr Zuhause nennen durfte, desto mehr wich seine Wut der Sorge, dass ihr etwas zugestoßen sein könnte. Als er jedoch die geschotterte Auffahrt erreichte und ihren Lexus neben den Stufen zur Holzveranda erblickte, die das komplette Haus umgab, kam sie geballt zurück.

»Ich hoffe inständig für dich, dass du mit einem gebrochenen Bein im Bad liegst und nicht ans Telefon gehen konntest!«, knurrte er und überwand die Stufen mit großen Schritten. Der eher zur Dekoration rechts neben der Tür stehende Strandkorb mit den in dieser Gegend üblichen blau-weißen Streifen war sauber. Wie die Dielen des Bodens der Veranda auch, sah man von einzelnen herumliegenden Zweigen und Blättern ab, die von dem Korkenzieherbaum stammen mussten, der vor dem Geländer wuchs, dachte er. Offensichtlich hatte Penélope, die mexikanische Putzfrau Isabells, erst vor kurzem mit ihren Feudeln und Tüchern darüber gewischt. Von der kannst du dich auch verabschieden, wenn du den Arm, der uns ernährt, so vor den Kopf stößt, Mädel. Ihm fiel auf, dass die Redewendung nicht passte, was ihm jedoch egal war.

Mittlerweile war er überzeugt davon, dass sie den Deal bewusst hatte platzen lassen und ihm gleich den Grund dafür nennen und ihn im selben Zug feuern würde. Tief durchatmend drückte er auf den Klingelknopf aus Messing, während er gleichzeitig mit der linken Hand gegen die weiß gestrichene Haustür klopfte und ihren Namen rief. Als ob sie deswegen schneller öffnet, du Depp, sagte er sich. Wider besseren Wissens wiederholte er es. Nichts. Außer dem Schrei einer Möwe, die über seinen Kopf und das Dach des Strandhauses hinweg einen Bogen flog, bis sie in Richtung des Meeres verschwand, hörte er nur das Blut an seinen Ohren vorbeirauschen. Er schlug mit der flachen Hand gegen die Tür. »Isabell, verdammt, mach die scheiß Tür auf!« Doch sie tat ihm diesen Gefallen nicht. Genervt trat er gegen den optisch einem Holzfass nachempfundenen Blumenkübel, worauf die darin wachsenden Margeriten erzitterten. Mit stampfenden Schritten ging er links herum, bis er auf der ausladenden Terrasse hinter dem Haus angekommen war, von wo er freie Sicht auf den kleinen Sandstrand und den Bootsanleger hatte, der seit einigen Jahren nicht mehr genutzt wurde. Das Haus war vor Jahrzehnten auf einer Anhöhe erbaut worden, daher konnte der Deich die Aussicht nicht trüben. Doch von Isabell fehlte auch hier jede Spur. Die beiden Sonnenliegen waren akkurat gen Süden ausgerichtet und die zusammengelegten Wolldecken auf ihnen deuteten darauf hin, dass auch hier zuletzt Penélope gewirkt hatte. Wo zum Teufel steckte sie nur?

Tom legte beide Hände an die Fensterscheibe des Wohnzimmers und drückte das Gesicht an das kühle Glas, bis seine Nase und Stirn es berührten. Nichts bewegte sich darin. Tom atmete aus, sofort beschlug die Oberfläche. Er wollte gerade enttäuscht den Rückzug antreten, da fiel ihm etwas im Augenwinkel auf: Eine der Türen, die von innen auf die Veranda führten, war nur angelehnt. Tom stieß sie mit dem Fuß an, woraufhin sie leise knarrend nach innen aufschwang. Er trat ein.

Kapitel 3

Vor nicht allzu langer Zeit hätte Maria Fortmann die Abkühlung noch willkommen geheißen, denn die mehrwöchige Hitzewelle, die über den Norden Deutschlands hinweggerollt war, setzte der blonden Kriminalhauptkommissarin körperlich mehr zu, als sie es erwartet hatte. Kreislaufprobleme waren ihr bisher gänzlich fremd gewesen, in diesen Wochen quälten sie jedoch vermehrt Schwindel und Kopfschmerzen.

»Du wirst halt auch nicht jünger«, frotzelte ihr etwa zehn Jahre älterer Kollege Peter Goselüschen, als sie sich mal wieder stöhnend über das Wetter beschwert hatte, woraufhin sie ihn mit einem bösen Blick bedachte. Ihn schien die Wärme abgesehen vom Schwitzen überhaupt nicht zu stören. Aber Unrecht hatte er damit wohl nicht, musste sie sich eingestehen. Ja, als Teenager vor zwanzig Jahren hätte sie vermutlich über die Maria von heute gelacht. Zwar konnte sie auch damals schon nicht nachvollziehen, warum die Leute sich freiwillig stundenlang in die Sonne legten und bräunen ließen, das lag aber vielmehr an ihrem ausgeprägten Bewegungsdrang, den sie vor allem bei der Leichtathletik auslebte, und weniger an ihrem empfindlichen, nordischen Hauttyp. Hummeln im Hintern, wie ihre Mutter früher immer gesagt hatte, trieben sie auch heute noch um: Ihr würde definitiv etwas fehlen, wenn sie ihre tägliche Joggingrunde aus irgendwelchen Gründen nicht mehr absolvieren können würde. Ich muss mal recherchieren, inwieweit das tatsächlich dem Älterwerden geschuldet ist, dachte sie. Aber so richtig vorstellen konnte sie es sich eigentlich nicht.

Seit 14 Tagen erbarmte sich die Quecksilbersäule und pendelte tagsüber um spätsommerlich angenehme 22 Grad Celsius herum. Hin und wieder streute der Wettergott einen kurzen Schauer ein, der gierig von der Flora aufgesogen wurde, sodass die Wiesen wieder in kräftigem Grün erstrahlten und die Spätblüher für bunte Farbtupfer sorgten. Die Natur wirkte fast so, als ob es die niederschlagsfreien zwei Monate mit täglichen Temperaturen jenseits der 30 Grad nicht gegeben hätte. Wahrscheinlich ist sie viel besser dazu fähig, sich dem Klimawandel anzupassen, als die Menschheit dies kann, ging es Maria durch den Kopf. Was natürlich logisch war, schließlich gab es sie Millionen von Jahren länger und es wird sie auf dem Planeten noch geben, wenn der letzte Mensch schon ewig von der Erdoberfläche verschwunden ist.

Der Starkregen kam plötzlich und unerwartet, auch wenn der Wetterbericht für die nächsten Tage wechselnde Bewölkung mit Schauern prognostiziert hatte. Die Scheibenwischer arbeiteten auf höchster Stufe und trotzdem konnten sie der Wassermengen kaum Herr werden, die der Wolkenbruch über ihren Dienstwagen ergoss. Maria ging vom Gas und orientierte sich an der rechten Fahrbahnmarkierung, welcher sie in Schrittgeschwindigkeit folgte. Sie konnte höchstens zehn Meter gucken, alles dahinterliegende schien die Wand aus Regen und aufspritzenden Wassertropfen zu verschlucken. Um sich besser auf die Straße konzentrieren zu können, wollte Maria gerade das Radio ausstellen, als jedoch die ersten Takte von *Rihannas Umbrella* erklangen, nahm sie den Finger von der Aus-Taste und ließ es laufen. Sie drehte sogar die Lautstärke auf, bis der Wagen unter den wummernden Bässen vibrierte. »Das passt ja wie die Faust auf´s Auge.« Lächelnd summte sie das Lied mit.

Bevor die letzten Töne des Songs verstummten, war das faszinierende Schauspiel vorbei und die Wolkendecke brach auf. Ein Regenbogen in der Ferne verhieß den glücklichen Findern an jedem Ende einen Topf voller Gold, wie Marias Mutter gern zum Besten gegeben hatte, wenn die Sonne im Verbund mit der feuchten Luft dieses Phänomen hervorzauberte. Maria dachte wehmütig an ihre Mama zurück, die viel zu früh dem Krebs erlag. Gleichzeitig lief ihr eine Träne über die Wange und ein Lächeln huschte über ihr Gesicht, wie fast immer, wenn sie an die herzensgute Frau dachte.

Sie zog den Wagen wieder mittig auf die rechte Spur und beschleunigte. Ein Blick auf das Navigationssystem verriet ihr, dass sie das Strandhaus Isabell Springers in etwa zehn Minuten erreicht haben würde.

Ein gewisser Tom Feldmann hatte die Kollegen verständigt, weil er davon ausging, dass ihr etwas zugestoßen sein müsste. Und da er am Telefon sehr aufgewühlt, aber dennoch überzeugend gewirkt haben soll, informierten sie die Kriminalpolizei. Maria, die sich gerade in der Nähe des vermeintlichen Tatorts befand, wurde gebeten, sich die Sache anzuschauen. »Ich mache definitiv etwas falsch«, sagte sie schmunzelnd, als sie ihren Dienstwagen zwischen einem Lexus und einem Porsche parkte, die allerdings stilistisch hervorragend zu dieser auf einer Anhöhe gelegenen Strandvilla passten. Ein Streifenwagen der Kollegen aus Esens parkte etwas abseits im Schatten einer gigantisch wirkenden Linde, was aber eher daran lag, dass die übrigen Bäume und Sträucher kaum höher als zwei Meter gewachsen waren.

»Moin, Maria«, begrüßte sie die rothaarige Katja Detersen mit einem Lächeln. Die junge Frau, ihres Zeichens Dienststellenleiterin der Polizei in Esens, kam die Stufen von der Veranda herunter auf sie zu.

»Hallo Katja«, erwiderte Maria den Gruß. »Was hast du für mich?« Nachdem Maria ihren Teamkollegen Sebastian vor einigen Wochen auf die attraktive Beamtin aufmerksam gemacht und er sie tatsächlich gedatet hatte, führten sie mittlerweile eine Beziehung, wodurch auch sie und Goselüschen die Frau nun privat kannten. Nachdem sie ihre gegenseitige Sympathie festgestellt hatten, landeten sie schnell beim Du.

»Noch nicht viel«, sagte sie und deutete mit dem Kopf in Richtung der Veranda. Jetzt erst sah Maria den schlanken Mann, der ungefähr in ihrem Alter sein musste, an einen Strandkorb gelehnt dort oben stehen. »Das ist Tom Feldmann, der Literaturagent von Isabell Springer. Ich denke, du hörst es dir direkt von ihm an«, schlug sie vor. Maria nickte und ging mit ihr gemeinsam auf den Zeugen zu.

»Guten Tag, ich bin Maria Fortmann von der Kripo Aurich«, stellte sie sich vor. Hände wurden geschüttelt.

»Feldmann, Tom Feldmann. Gut, dass Sie da sind.« Seine tiefe Stimme passte nicht ganz zu der unsicheren Ausstrahlung, die Maria im Moment bei ihm wahrnahm. Er sah verdammt gut aus, musste sie zugeben, und die Stimme allein sorgte sicher bei mancher Dame dafür, dass sie fast vom Stuhl rutschte. Aber sein fahriger Blick und das leise Sprechen ließen ihn gerade eher wie einen kleinen Jungen wirken, der bei einem Streich erwischt worden war.

»Fangen Sie einfach von vorne an. Warum glauben Sie, dass Frau Springer etwas zugestoßen ist?«

Er holte tief Luft, die er geräuschvoll ausstieß, bevor er zusammenfasste, dass sie einen extrem wichtigen Termin ohne Begründung hätte platzen lassen und er sie seither nicht erreichen könnte.

»Ich bin dann sofort hier hergekommen und wollte von ihr wissen, was der Scheiß soll. Aber sie hat nicht aufgemacht.«

»Vielleicht ist sie einfach unterwegs. Einkaufen, bummeln, zum Friseur oder nur spazieren«, warf Maria ein, obwohl ihr klar war, dass Feldmann noch mehr zu erzählen hatte.

»Ja, schon klar«, sagte er hastig. »Kommen Sie einfach mit.« Er ging zwischen den beiden Frauen hindurch und nahm denselben Weg um das Haus herum wie vor etwa einer Stunde. Maria wechselte einen Blick mit Katja. Schulterzuckend folgten sie dem Agenten, bis er auf der Rückseite vor einer angelehnten Tür abrupt stoppte. »Die war vorhin schon einen Spalt offen. Ich bin dann rein und hab nach Isabell gerufen. Als keine Antwort kam, habe ich nach ihr gesucht, ich befürchtete, sie wäre im Bad gestürzt oder läge mit einem Schlaganfall im Schlafzimmer oder was weiß ich. So genau habe ich nicht nachgedacht, ich wollte sie nur schnell finden.«

»Und Sie haben Frau Springer nicht gefunden«, folgerte Maria murmelnd mehr für sich selbst.

»Nein, natürlich nicht, sonst hätte ich ja nicht die Polizei gerufen.« Sie standen mittlerweile im Wohn- oder Arbeitszimmer. Ganz genau konnte Maria es nicht einordnen, da einfach überall Bücher herumlagen. Jedoch nicht kreuz und quer oder unordentlich: Es wirkte so, als ob jedes Einzelne und jeder Stapel genau dort hingehörten, wo sie lagen: Auf dem Couchtisch, auf einer Sessellehne, selbst die beiden Romane, die auf der Fensterbank zwischen zwei Blumentöpfen lehnten, schienen dort ihren festen Platz zu haben.

»Warum ich angerufen habe –«, sagte er und zeigte auf den Stuhl vor einem gediegenen Holzschreibtisch, »ist das hier.« Maria folgte seinem ausgestreckten Arm und sah die rote Lederhandtasche, deren Griffschlaufen über die linke Lehne des Drehstuhls fielen.

»Na ja, für einen Strandspaziergang nehme ich auch nicht zwingend meine Handtasche mit.«

»Und die offenstehende Tür kann ja auch heißen, dass Frau Springer nur vergessen hat, abzuschließen«, warf Katja ein. Toms Gesichtszüge verhärteten sich. Er schnappte sich die Tasche und zog den Reißverschluss auf, dann steckte er seine Hand hinein und zog etwas hervor.

»Ohne Handtasche ja, vielleicht auch ohne Handy«, sagte er und hielt einen zylindrischen Gegenstand hoch, »aber nicht ohne ihr Notfall-KIT. Isabell ist hochallergisch und obwohl sie hier an der See verhältnismäßig selten einen Anfall bekommt, würde sie keinen Schritt ohne die Spritze aus dem Haus wagen.« Er schüttelte den Kopf. »Glauben Sie mir, ich habe in der Vergangenheit oft genug erlebt, wie panisch sie wurde, wenn ihr auffiel, dass sie ihr Notfallmedikament nicht in greifbarer Nähe hatte.« Maria kräuselte die Stirn, nahm Feldmann das Gerät aus der Hand und las die Beschriftung und die Bedienungsanleitung. Sie hatte es bei einer Freundin miterlebt, wie diese nach einem Bissen Kuchen fast wegen der Nussspuren darin erstickt wäre, wenn sie sich nicht noch rechtzeitig die Injektion gesetzt hätte. Ja, sie konnte sich das

Verhalten Isabell Springers dahingehend sehr gut vorstellen.

»Wogegen ist sie allergisch?«, fragte Katja.

»Die Frage ist eher, wogegen nicht«, erwiderte er. »Ich kenne mich selbst zum Glück kaum damit aus, aber gegen alle möglichen Gräser und Nüsse, soweit ich weiß. Jedenfalls würde sie nie etwas essen, von dem sie nicht einhundertprozentig weiß, was alles drin ist.« Er bewegte sich wieder zur Tür und winkte die Polizistinnen zu sich. »Das ist aber noch nicht alles, kommen Sie bitte mit.« Abermals folgten sie ihm, nur ging es dieses Mal nicht um das Haus herum, sondern einige Stufen von der Veranda hinunter. Ein gewundener Pfad führte durch meterhohes Schilf mal mehr mal weniger steil bergab, bis sie den kleinen Privatstrand erreichten. Zumindest ging Maria davon aus, dass er exklusiv zum Strandhaus gehörte. Wenige Schritte trennten sie von einem Steg oder Bootsanleger. Feldmann ging direkt darauf zu, drehte sich aber hin und wieder zu den Frauen um, als ob er sich vergewissern müsste, dass sie ihm noch folgten. Maria warf einen Blick an ihm vorbei und mutmaßte, den Grund erkannt zu haben, warum er sie hergelotst hatte. Und tatsächlich blieb er etwa in der Mitte des etwa dreißig Meter langen Holzstegs stehen. Zu seinen Füßen lag ein einzelner, roter Damenschuh. »Der gehört Isabell.«

»Ganz sicher?«

»Ja, die Schuhe hat sie vorige Woche zusammen mit der Handtasche gekauft, extra für das heutige Meeting.

Das ist einer ihrer Ticks: Sie meinte, wenn man einen neuen Lebensabschnitt durchläuft, sollte man das in neuen Schuhen tun.« Marias und Katjas Blick trafen sich und sie mussten sich zusammenreißen, nicht aufzulachen. Warum tat der Feldmann so verwundert und warum sollte das ein Tick sein? Die Polizistinnen waren sich wortlos einig, dass dies vollkommen normal wäre.

»Okay«, sagte Maria schließlich, »der Platzregen von vorhin wird natürlich die meisten möglichen Spuren beseitigt haben. Nichtsdestotrotz werden wir unsere Spezialisten hier und im Haus an die Arbeit schicken. Ich müsste von Ihnen wissen, was Sie alles angefasst haben, seit Sie hier sind.«

»Ja, kein Problem.«

»Hast du einen Stift für mich?«, wollte sie von Katja wissen. Die schüttelte den Kopf.

»Erledige du den Anruf und außerdem willst du sicher noch einen Blick ins Haus werfen. Lass mich seine Aussage aufnehmen.« Maria nickte ihr kurz zu.

»Danke«, sagte sie und ging zum Strandhaus zurück.

***

Goselüschen legte den Hörer zurück. Gerade hatte ihn Maria über die mögliche Entführung Springers in Kenntnis gesetzt. Ächzend stand er auf und wenige Minuten später saß er im Büro seines Kollegen Sebastian, dem IT-Spezialisten der Dienststelle.

»What the fuck? Das ist die erste richtig Prominente, mit der ich es zu tun bekomme, seit ich im Polizeidienst bin«, entfuhr es dem schlaksigen Nerd. Goselüschen runzelte die Stirn und kratzte sich am Kinn, was ein schabendes Geräusch erzeugte. Er hatte doch tatsächlich am Morgen vergessen, sich zu rasieren.

»Deine Faszination in Ehren, aber ich hab noch nie von der Trulla gehört.« Sebastian zog die Augenbrauen hoch.

»Dein Ernst? Könnte es sein, dass du keine Bücher liest?« Er zwinkerte. »Oder gar nicht lesen kannst?«

»Fresse«, erwiderte Goselüschen knapp. »Maria möchte, dass wir – in diesem Fall du – alles über die Frau in Erfahrung bringst, was das Netz und unsere Datenbank über sie hergeben.«

»Puh, das wird nicht ohne. Die Springer ist Bestsellerautorin und sieht obendrein noch gut aus. Da gibt es bestimmt tausende von Meldungen allein auf Facebook oder Instagram.«

»Du scheinst ein Fan von ihr zu sein. Dann wird es dir ja eine Freude sein, die Recherche voranzutreiben.«

»Na ja, sie hat zwei Thriller geschrieben, die ich hammermäßig fand, aber den größten Erfolg hat sie mit Liebesgeschichten, Romance oder wie auch immer das genaue Genre heißt.« Goselüschen nickte wissend. Liebesschnulzen also, dann war es kein Wunder, dass er nie von ihr gehört hatte. Wie viele seiner Geschlechtsgenossen machte auch er einen großen Bogen um alles, was auch nur den Hauch von kitschig

an sich hatte. Schlimm genug, dass ihn seine Lebens-
gefährtin Sylvia hin und wieder dazu nötigte, mit ihr
einen dieser Schmachtfetzen im TV zu gucken. Aber
was tat man nicht alles für Essen und Sex?

»Okay, kümmer du dich um das drumherum – Fans,
Facebook und den Kram – ich schaue, was ich über sie
persönlich und ihre Familie in Erfahrung bringen
kann.«

»So gut wie erledigt, Gose.«

»Alles klar, wir treffen uns in, sagen wir, drei Stunden hier wieder. Dann sollte Maria auch zurück sein.«

***

Die Begehung des Hauses brachte auf den ersten Blick
keine offensichtlichen Hinweise auf den Verbleib
Springers. Falls sie entführt worden war, deutete nichts
darauf hin. Es gab keine Kampfspuren und auch keine
Indizien, die auf ein gewaltsames Eindringen in das
Haus schließen ließen. Ganz im Gegenteil: Die Haustür war von innen verriegelt, der Schlüssel steckte
noch im Schloss. Die Wohnung war komplett aufgeräumt. Weder stieß Maria auf benutztes Geschirr in
der Spülmaschine noch befand sich Kleidung in der
Waschmaschine oder im Wäschetrockner. Es wirkte
eher so, als wäre schon länger niemand hier gewesen.
Einzig Isabell Springers Handtasche auf dem Bürostuhl passte nicht in dieses Bild. Warum war die nicht
ordentlich aufgeräumt an einem dafür vorgesehenen

Platz? Mit übergestreiften Plastikhandschuhen griff Maria danach und inspizierte erneut ihren Inhalt. Neben der Medikamente beherbergte sie die üblichen Verdächtigen: ein paar Kosmetik- und Hygieneartikel, das Smartphone und ihre Geldbörse, in der Maria neben Springers Ausweispapieren noch etwas über 200 Euro Bargeld fand. Einen überrumpelten Einbrecher könnten sie damit wohl ausschließen, wobei ihr ein Dieb, der aus der Situation heraus zu einem Entführer mutierte, in ihrer Dienstzeit auch noch nicht untergekommen war. Maria kam dazu passend die Redewendung mit dem Pferd vor der Apotheke in den Sinn.

»Klar, vorstellbar ist alles, doch wahrscheinlich hat sich die Springer doch spontan entschieden, vielleicht wollte sie nur kurz raus, um frische Luft zu schnappen. Deshalb hat sie ihre persönlichen Dinge hier gelassen und dabei das Abschließen vergessen«, murmelte sie vor sich hin. Und ihre Medikamente ebenfalls? Und wie passte der Schuh ins Bild? Warum lag ein einzelner Schuh auf dem Steg? Fragen über Fragen. Maria beschlich der Gedanke, dass sich hier ein äußerst interessanter Fall entwickeln könnte.

Sie trat auf die Veranda zu Katja, die dort mit Feldmann saß und eifrig dessen Informationen notierte.

»Herr Feldmann, wann hatten Sie zuletzt Kontakt mit Frau Springer?«

»Wir haben heute Nachmittag noch telefoniert, so drei Stunden vor unserem Termin«, antwortete er sofort.

»Ist Ihnen an ihrer Stimme etwas aufgefallen oder war sie anders als sonst?« Tom presste die Lippen aufeinander und schüttelte langsam den Kopf.

»Nein, eigentlich war sie wie immer. Das heißt, sie klang etwas nervös. Aber das ist wohl normal vor so einem Deal, schließlich ging es für sie dabei um ein kleines Vermögen.«

»Geld scheint eine große Rolle zu spielen.« Maria deutete mit den Händen auf das Haus und den Garten und gedanklich auf die Luxusfahrzeuge von Springer und auch von Tom Feldmann. »Hat sie Angestellte? Einen Gärtner oder eine Hauswirtschafterin? Hier sieht alles aus wie aus dem Ei gepellt, selbst der Rasen neben dem Haus scheint zentimetergenau geschnitten zu sein.«

»Penélope Martinez ist ihre Putze, die kommt ein paar Mal in der Woche, und für den Rest hat sie einen Hausmeisterservice engagiert, der sich um den Rasen, die Dachrinne und den ganzen anderen Kram kümmert. Auf einer Tafel neben dem Kühlschrank hat sie ihre wichtigsten Telefonnummern aufgeschrieben. Dort müssten Sie fündig werden.« Maria fiel die Magnettafel neben dem amerikanischen Kühlschrank ein, an der ein maschinengeschriebener Zettel mit etlichen untereinanderstehenden Telefonnummern pinnte.

»Herr Feldmann, haben Sie eine Vorstellung, wer Ihre Klientin entführt haben könnte und vor allem, warum? Hat sie Feinde oder jemanden, der ihr nicht wohlgesonnen ist? Gab es Drohungen gegen sie, von denen Sie wissen? Irgendetwas, mit dem wir arbeiten können?« Tom stützte das Kinn auf seine wie zum Gebet verschränkten Hände und blickte Maria in die Augen.

»Ich habe absolut keine Ahnung.«

»Kennen Sie die finanziellen Verhältnisse Ihrer Klientin? Sprich: Können wir mit einer hohen Lösegeldforderung rechnen?«

»Ich bin ihr Literaturagent, nicht ihr Vermögensverwalter. Keine Ahnung, was sie auf der Bank liegen hat.«

»Was wissen Sie über ihre Freunde und Familie?«

»Ihre Eltern leben in Spanien. Sie haben dort einen Altersruhesitz – sponsored by Tochter. Aber sie hat kaum Kontakt zu denen, soweit ich weiß. Ihr Mann Simon hat sich vor einem halben Jahr von ihr getrennt.« Er seufzte. »Sie müssen wissen: Isabell lebt sehr zurückgezogen. Von Freunden weiß ich nichts, jedenfalls hat sie mir gegenüber nie etwas erwähnt. Aber unser Verhältnis ist rein beruflich, auch wenn –«. Er brach ab. Maria nickte Katja zu, die darauf den Stift über das Papier flitzen ließ und die Namen der Eltern aufschrieb, die Tom nannte. Maria wollte gerade nachfragen, da fiel ihr etwas ins Auge.

»Was hast du?«, fragte Katja, nachdem ihr deren skeptischer Blick aufgefallen war. Maria hatte den Kopf leicht geneigt und die Augen zusammengekniffen.

»Da passt was nicht ins Bild«, erwiderte sie und lief von der Veranda hinunter in den Garten.

***

Für Außenstehende mochte das Büro Konrad Breitenfelds geräumig wirken, im Vergleich zu dem seines Vaters hatte es allerdings die Ausmaße einer besseren Besenkammer.

»Du wolltest mich sprechen, Vater?« Kurz nach seinem Telefonat hatte seine Sekretärin ihm den Wunsch des Seniorchefs übermittelt, der natürlich einem Befehl gleichkam. Er wartete in der Tür, bis Hans Breitenfeld von seinen Unterlagen aufsah und ihn heranwinkte. Konrad durchschritt den Raum mit großen Schritten. Es dauerte gefühlt eine Minute, bis er einen der drei reich verzierten Stühle im Barockstil erreicht und sich zurecht gezogen hatte, die gegenüber des ausladenden Schreibtisches seines Vaters im selben Stil bereitstanden.

»Ich möchte deine Einschätzung wegen der Springer-Sache hören.« Konrad verdrehte die Augen, wobei er darauf achtete, dass sein alter Herr es nicht sehen konnte. Es war wirklich langsam an der Zeit, dass er den Vorstandsposten räumen und für ihn freimachen würde. Doch er wusste, dass der Alte freiwillig niemals zurücktreten würde.

»Dazu habe ich dir im Vorfeld alles gesagt und dieser Affront heute bestätigt mich. Wir sollten die Finger von dieser Autorin lassen – er zog das Wort Autorin in die Länge, als würde es hochinfektiös sein – und ich hoffe, du siehst das jetzt ein.« Nach wie vor verstand er nicht, welchen Narren sein Vater an dieser Frau gefressen hatte. Egal, was sie auch machte, er zog sich stets ein paar Gründe aus den Fingern, die sie aus der Schusslinie und alle Schuld von ihr nahmen. »Die Frau ist pures Gift. Für uns und die ganze Branche!«

»Wie üblich übertreibst du auch jetzt. Das hast du von deiner Mutter. Aber ich kann dich beruhigen: Ich habe Tom Feldmann zu verstehen gegeben, dass wir nicht mehr an einer Zusammenarbeit interessiert sind.« Konrad lächelte und schlug mit der flachen Hand auf den Tisch.

»Na endlich, Vater. Endlich ziehen wir an einem Strang.« Er wollte sich gerade erheben und zu seinem Arbeitsplatz zurückkehren, da gebot sein Vater ihm Einhalt. Konrad ließ sich wieder auf den Stuhl fallen. »Ja?«

»Ich denke, wir werden ihr einen neuen Vertrag mit deutlich reduzierten Tantiemen anbieten, falls sie uns einen guten Grund für ihr Fernbleiben liefert.«

»Das ist doch nicht dein Ernst! Wie lange willst du dir noch auf der Nase herumtanzen lassen?« Seine Gesichtsfarbe verdunkelte sich ins Tiefrote. Er hielt

dem Blick seines Gegenübers stand, der ihn zu durch-
bohren schien. »Außerdem hast du doch gerade gesagt,
dass wir auf eine Zusammenarbeit mit ihr verzichten!«,
schrie er fast.

»Reiß dich zusammen, Konrad«, herrschte ihn sein
Vater an, um direkt mit gleichgültiger Stimme fortzufahren. »Das war es schon. Danke.« Er vertiefte sich
wieder in die vor ihm liegenden Dokumente. Konrad
schnappte nach Luft, doch er wusste, dass jedes weitere Wort sinnlos gewesen wäre. Niemals in den letzten zwanzig Jahren, seitdem er im Verlag tätig war,
hatte sein Vater eine getroffene Entscheidung zurück-
genommen. Genauso wenig, wie er es zu Hause tat.
Wortlos sprang er auf, eilte hinaus und warf die Tür
hinter sich mit einem Knall zu.

***

Goselüschen und Sebastian erwarteten sie bereits.
Maria hatte noch die Kollegen der Kriminaltechnik
eingewiesen, worauf sie verstärkt achten sollten, bevor
sie sich auf den Weg zur Dienststelle machte. Katja
Detersen und Tom Feldmann waren bereits einige
Minuten zuvor vom Strandhaus weggefahren.

»Am besten fängst du an«, forderte Goselüschen sie
auf, kaum dass sie sich gesetzt hatte.

»Moin erstmal, ihr Pflaumen.«

»Soll das jetzt paradox-sexistisch sein?«

»Klappe, Gose.« Sie knuffte ihn mit der Faust am Oberarm, worauf er kurz aufschrie und sich anschließend mit der Hand darüber rieb. »Ziemlich interessant, die ganze Geschichte«, fuhr sie fort. Sie fasste das Gespräch mit Feldmann und ihre Beobachtungen am vermeintlichen Tatort zusammen. »Sehr auffällig war dabei, dass das komplette Anwesen, innen wie außen, wie geleckt ausgesehen hat, die Biomülltonne draußen jedoch überquoll.«

»Vielleicht hat sie nur vergessen, sie zur Abholung rauszustellen.«

»Mag sein, Basti. Spannend fand ich auch nicht, dass sie voll war, sondern womit.«

»Mach es nicht so spannend, Blondie. Was lag denn drin?« Goselüschen klopfte mit den Fingern auf die Tischplatte. »Etwa der Leichnam der Springer oder vielleicht nur ihr Kopf?« Sebastian schaute ihn befremdlich an und Maria seufzte. »Was denn?«, fragte Goselüschen unschuldig.

»Blumensträuße. Fünf habe ich gezählt. Jeweils zehn rote Rosen.«

»Vielleicht hatte sie vor kurzem Geburtstag?«, mutmaßte Goselüschen. Sebastian wandte sich zum Monitor und rief die Daten Springers auf.

»Nein, der war vor drei Monaten.«

»Selbst wenn er diese Woche gewesen wäre: Erstens würden Geburtstagssträuße nicht nur aus roten Rosen bestehen und zweitens waren die nicht alle vom selben

Tag«, erklärte Maria. »Einige waren komplett vertrocknet, einer noch taufrisch.«

»Und warum liegt der dann in der Mülltonne?«

»Das ist eine der vielen Fragen, denen wir uns stellen müssen, Basti. Vielleicht hat die Springer eine Allergie gegen Rosen, was tatsächlich nicht so unwahrscheinlich ist bei den ganzen Dingen, auf die sie überempfindlich reagiert.«

»Oder sie mag einfach keine Rosen«, warf Goselüschen ein. »Oder denjenigen, von dem sie sind.« Maria reckte den Daumen nach oben.

»Ich vermute das auch, also Letzteres. An einem Gebinde klemmt eine Karte. Damit sollten aufklären können, wo die Sträuße gekauft wurden. Dann sollten wir auch den Galan ausfindig machen können.«

»Galan?«

»Schlag es nach, Basti, oder frag Google«, sagte Goselüschen kopfschüttelnd. »Diese Jugend von heute, einfach kein Gespür mehr für die schönen Wortschöpfungen.«

»Jedenfalls nicht für die aus dem Mittelalter«, verteidigte sich Sebastian.

»Fahrt mal wieder runter, ihr Kampfhähne. Sagt mir lieber, was ihr herausgefunden habt.« Goselüschen bedeutete seinem Kollegen, Maria aufzuklären. Sebastian wandte sich wieder seinem Rechner zu und begann:

»Fangen wir mit ihren Personalien an.« Maria kannte sie zwar bereits von den Ausweispapieren, die sie im

Strandhaus gefunden hatten, unterbrach Sebastian jedoch nicht. Es konnte nicht schaden, eine solche Information öfter als einmal zu hören. »Isabell Springer, 35 Jahre, geboren in Hamburg. Sie ist verheiratet mit Simon Springer, der allerdings seit etwa einem halben Jahr eine andere Meldeadresse hat, keine Kinder. Ihre Eltern leben im Ausland, Geschwister und andere Verwandte hat sie nicht.« Er drückte eine Taste, worauf sich ein neues Fenster auf dem Monitor öffnete. »Laut Auskunft ihres Finanzamtes ist sie seit 2012 hauptberuflich Schriftstellerin. Außer ein paar Tickets wegen Ordnungswidrigkeiten im Straßenverkehr spuckt unser System nichts über sie aus, sieht man von einer Strafanzeige wegen Stalkings ab, die sie im letzten Jahr gestellt hat.« Maria zog die Augenbrauen hoch. Das würde zu den Blumensträußen passen. »Das Gericht hat seinerzeit eine Verfügung gegen einen gewissen Harald Schwarzer erlassen, die ihm jeglichen Kontakt zu ihr untersagt.«

»Die Adresse von ihm haben wir bereits ermittelt, können ihm also nachher einen Höflichkeitsbesuch abstatten«, warf Goselüschen ein. Maria nickte und forderte Sebastian mit einer Handbewegung auf, fortzufahren.

»Mehr haben wir noch nicht. Aber die KTU hat mich bereits informiert, dass sie mir ihren Laptop zur Überprüfung bringen lassen. Ich denke, damit erfahren wir deutlich mehr über sie. Das werde ich dann mit den Erkenntnissen abgleichen, die ich in den sozialen

Netzwerken über sie finde. Und das sind verdammt viele! Man glaubt gar nicht, was alleine auf Facebook in dieser Branche los ist. Wusste gar nicht, dass es so viele Autoren, Schriftsteller und Büchergruppen oder -Blogs gibt.«

»Okay«, sagte Maria und stand auf. »Dann wühl du dich weiter durch das Netz. Ich fahre zu ihrem Mann und ihrer Haushälterin. Mal sehen, ob mein Spanisch noch flutscht. Übernimmst du den Stalker?« Sie schaute zu Goselüschen. Er biss sich auf die Lippe und sog im Anschluss geräuschvoll Luft ein.

»Sehr gern. Bin schon gespannt auf das Früchtchen.«

Kapitel 4

Simon Springer entsprach so gar nicht dem Bild, das sich Maria auf der Fahrt von ihm gemacht hatte. Als Pendant zu der äußerst attraktiven Autorin hätte sie einen ebenso auffälligen Partner erwartet. Der Ehemann Isabells hingegen bot optisch das, was man landläufig als unscheinbar bezeichnete. Als er die Tür zu seiner kleinen Wohnung im dritten Stock des Wohnblocks öffnete, der sie an die Sozialbauten der 1970er Jahre erinnerte, begegnete er ihr auf Augenhöhe, maß demnach also keine 1,80 Meter. Seine schütteren, halblangen, straßenköterblonden Haare trug er nach hinten gekämmt und ein kleiner Bauchansatz war noch das Auffälligste an dem Mann mit dem nichtssagenden Gesicht. Erst als er sie mit seiner rauchigen Stimme hineinbat, bekam Maria eine Vorstellung davon, was eine Frau an ihm reizen konnte. Und nicht nur die Stimmlage, auch seine Art zu reden erzeugte fast augenblicklich ein Gefühl des Wohlbefindens. Das war aber auch bitter nötig, dachte Maria in Anbetracht der armselig wirkenden Ausstattung der zwei Zimmer, die sie zu sehen bekam. Einfache Möbel aus einem Discounter, keine Bilder an den Wänden, die einzige Blume auf der Fensterbank lechzte nach Wasser und mit der Ordnung schien es Simon Springer auch nicht zu genau zu nehmen. Letzteres machte sie an den einzelnen, herumliegenden Kleidungsstücken auf dem fleckigen Kunstfaserteppich fest. Sie erwartete jede Sekunde die statische Entladung.

»Isabell ist also verschwunden, sagen Sie?«, wiederholte er Marias Worte, nachdem sie sich über Eck auf der abgewetzten Wohnzimmergarnitur niedergelassen hatten. »Und Sie meinen, dass ich etwas damit zu tun habe? Sie vielleicht gar entführt habe?« Seine Stimme schwankte kein bisschen. Also wusste er tatsächlich nichts davon, oder er war abgebrüht bis ins Mark, vermutete Maria. Sie lächelte.

»Herr Springer, Ihnen als ehemaliger Staatsbediensteter dürfte klar sein, dass wir in so einem Fall in alle Richtungen ermitteln müssen.« Tom Feldmann hatte ihr erzählt, dass Simon Springer auf Wunsch seiner Frau vor Jahren seinen sicheren Job als technischer Angestellter bei der Stadtverwaltung in Aurich aufgeben hatte, da ihre Tantiemen zum Lebensunterhalt mehr als ausreichen würden. Er sollte sich um das Haus und den Hund kümmern, den sie damals noch hatten, damit er sich schonmal daran gewöhnen könnte. Simon Springer sollte nämlich die Erziehung der Kinder größtenteils übernehmen, so jedenfalls sahen die Planungen Isabells aus. »Wir gehen zur Zeit von keinem freiwilligen Verschwinden aus, können es aber noch nicht mit Gewissheit sagen. Vielleicht taucht sie in ein, zwei Tagen wieder auf und es löst sich alles in Wohlgefallen auf.«

»Doch bis dahin müssen Sie ermitteln, weil?«

»Weil wir sowohl ihre Papiere als auch ihre Medikamente im Strandhaus gefunden haben.« Jetzt bemerkte sie die erste Gefühlsregung im Gesicht ihres Gesprächspartners, konnte ihr jedoch keine bestimmte Emotion zuordnen. Er neigte sich etwas nach vorn und schaute aus dem Fenster, das von Schlieren überzogen war.

»Sie würde niemals ohne ihr Notfall-Set rausgehen. Und auch ihre medizinischen Unterlagen führt sie normalerweise immer mit sich, damit im Falle eines anaphylaktischen Schocks die Ersthelfer nachlesen können, was ihr fehlt. Sie ist da etwas, sagen wir mal, übervorsichtig.« Nach Feldmann war jetzt also der zweite Befragte davon überzeugt, dass Isabell sich nicht auf einer ausgedehnten Wanderung befand, sondern mehr dahinter stecken musste. Und nun schien er wirklich betroffen zu sein, sofern sie seine Mimik richtig las.

»Ja, das hörten wir schon. Herr Springer. Warum haben Sie sich von Ihrer Frau getrennt?« Aus seiner Betroffenheit wurde postwendend Überraschung.

»Was? Wie kommen Sie denn darauf?« Er lachte humorlos. »Sie hat mich verlassen, beziehungsweise mich rausgeworfen.« Maria stutzte. Feldmann behauptete doch, er wäre gegangen. Warum sagte Springer jetzt das Gegenteil, zumal ihn das noch eher verdächtig machte? Dieser Fall versprach immer interessanter zu werden.

»Das ist wohl falsch bei uns angekommen.« Sie zuckte unschuldig mit den Schultern. »Womit hat sie die Trennung denn begründet?« Er taxierte die Kommissarin, bevor er tief Luft holte.

»Nun, wir hatten in den vergangenen Jahren viele sehr gute Zeiten, emotional und auch finanziell, aber mindestens genauso so viele schwierige Phasen. Was sie am Ende zu diesem Schritt bewogen hat, weiß ich nicht. Vermutlich lag es daran, dass es mit einem Kind nicht geklappt hat. Sie meinte dann, dass sie weder die Lust noch die Zeit hätte, mich mit durchzuschleppen.«

»Sie hätten doch wieder in Ihren Job zurückkehren können oder sich einen anderen suchen.«

»Das stimmt. Allerdings fehlte mir zu der Zeit die Motivation dazu. Ich war gesundheitlich angeschlagen, wissen Sie?«

»Aber mittlerweile arbeiten Sie wieder?«

»Ja, klar«, sagte er lachend. »Die Liebe war weg und nur von Luft kann ich nicht leben. Zumindest konnte ich einen Job bekommen, der meine Kosten deckt.«

»Wenn Sie Ihre Anstellung zu Gunsten der Karriere Ihrer Frau aufgegeben haben, bekommen Sie dann keinen Unterhalt von ihr?«

»Tja, im Normalfall schon. In unserem Fall wiederum verhindern das die Zauberworte Gütertrennung und Ehevertrag.« Jetzt war es an ihm, mit den Schultern zu zucken. »Aber ich stamme aus bescheidenen Verhältnissen, daher komme ich klar damit.« Simon Springer wurde ihr von Minute zu Minute sympathischer und ihre anfänglichen Zweifel waren wie weggewischt. Seine einnehmende Art machten sein durchschnittliches Erscheinungsbild mehr als wett. Nichtsdestotrotz stand er auf der Liste der möglichen Verdächtigen, sollte sich die Entführung Isabell Springers als solche erweisen.

»Herr Springer, haben Sie eine Idee, wer Isabell entführt haben könnte?«

»Tut mir leid, Frau Fortmann, ich habe in den letzten Monaten versucht, Gedanken an diese Frau weitestgehend aus meinem Leben zu verbannen, daher bin ich nicht im Bilde über ihre derzeitigen Bekanntschaften.« Er breitete die Arme aus, um seine Ahnungslosigkeit zu unterstreichen. »Aber Isabell war nie streitsüchtig oder intrigant, und da sie generell wegen ihrer Introvertiertheit eher wenig Kontakt zu anderen Menschen sucht, kann ich mir kaum vorstellen, dass sie jemandem auf die Füße getreten ist.«

»Sie sagten, Sie hätten einen Ehevertrag und Gütertrennung vereinbart.« Er nickte. »Das schließt jedoch nicht automatisch aus, dass Sie über die finanzielle Situation Isabells informiert sind. Lohnt sich eine Lösegeldforderung für einen möglichen Entführer? Ich meine, das Anwesen sieht schon nach einem gewissen Vermögen aus.« Simon Springer verzog die Lippen zu einem feinen Lächeln. Er lehnte sich zurück, worauf das Sofa leise knarrte.

»Es ist nicht immer so, wie es scheint. Aber das muss ich Ihnen sicher nicht erläutern.«

»Doch«, entgegnete Maria, »ich bitte darum.«

»Nun«, sagte er nach einer kurzen Pause. »Das Strandhaus mit dem Grundstück hat sicher einen Marktwert von ein bis zwei Millionen Euro. Aber wie ich Ihnen vorhin schon gesagt habe, wir hatten viele gute und viele schlechte Zeiten, auch wirtschaftlich gesehen. Die letzten Jahre war es eher dürftig, sodass die eine oder andere Hypothek auf dem Häuschen lastet. Das ist allerdings der Stand von vor einem halben Jahr. Keine Ahnung, ob sie in der Zwischenzeit mal wieder einen lukrativen Titel veröffentlicht hat. Ich verfolge das nicht. Einerseits will ich nicht ständig an sie erinnert werden und andererseits lese ich eher weniger triviales Zeug als das, was sie schreibt.« Maria vermerkte sich die Überprüfung der wirtschaftlichen Verhältnisse Isabell Springers auf ihrer gedanklichen To-Do-Liste und verabschiedete sich.

Bevor sie zu Penélope Martinez aufbrach, rief sie aus dem Wagen Sebastian an.

»Ich hab gerade mit Gose telefoniert. Er ist auf dem Rückweg, der Stalker scheint ausgeflogen zu sein.«

»Okay, Basti. Kannst du mal schauen, was du bei der Bank Springers herausbekommen kannst? Ihr Ex deutete an, dass sie möglicherweise Geldsorgen haben könnte.«

»Geldsorgen? Wer hat die nicht?«, antwortete er lachend. »Aber klar, ich kümmere mich drum.«

»Ich klapper noch eben die Haushälterin ab. Haben deine anderen Recherchen schon etwas ergeben?«

»Oh ja«, sagte Sebastian und seine Stimme ließ sie aufhorchen.

»Schieß los.«

»Ich bin noch mitten drin, am besten erzähl ich euch beiden nachher alles. Aber ich verspreche, es wird interessant.« Kurz überlegte sie, sich sofort aufklären zu lassen, doch sie verwarf diesen Gedanken. Sie traute Sebastian durchaus zu, die Dringlichkeit der Informationen einschätzen zu können.

**

Penélope Martinez überraschte Maria gleich in mehrfacher Hinsicht. Sie entsprach so gar nicht dem Bild, welches sie von einer mexikanischen Haushälterin hatte. Mit ihren schwarzen, wallenden Haaren und den ebenso dunklen Augen, dem bronzenen Teint und der schlanken Figur hätte sie glatt als Double von *Salma Hayek*, der weltbekannten Schauspielerin, einspringen können. Maria hatte eher mit einer Frau im Format *Montserrat Caballés* gerechnet, vielleicht ein paar Kilogramm leichter als der im letzten Jahr verstorbene, spanische Opernsuperstar. Du musst aus deinem Schubladendenken herauskommen, ermahnte sie sich nicht zum ersten Mal in der jüngeren Vergangenheit.

Leichte Nebelschwaden hielten sich unter der Zimmerdecke und obwohl alle Fenster im Wohnzimmer der Mexikanerin auf kipp standen, schien sich der Schleier kaum zu bewegen.

»Sí, ich war heute bei Señora Isabell, warum fragen Sie?«, antwortete sie mit rauchiger Stimme, was sich Maria mit ihrem Zigarettenkonsum erklärte, und nur die Schärfe, mit dem sie das S betonte, verriet, dass Deutsch nicht ihre Muttersprache war. Penélope führte sie zum Esszimmertisch und stellte Maria ungefragt ein Glas Wasser hin.

»Danke«, sagte Maria und nahm einen Schluck. »Herr Feldmann hat uns benachrichtigt, dass sie wie vom Erdboden verschluckt wäre. Daher versuchen wir, herauszubekommen, wo sich Isabell Springer gerade aufhält.«

»Warum ist das eine Sache für die Kriminalpolizei?«, wollte sie wissen. Dann hielt sie sich die Hand vor den Mund und fragte mit großen Augen: »Gehen Sie von einem Verbrechen aus?«

»Im Moment schließen wir nichts aus«, erklärte Maria wahrheitsgemäß. »Haben Sie Isabell heute gesehen? Und falls ja, wann?«

»Natürlich habe ich sie gesehen. Zwar war sie erschöpft und müde – sie lag die ganze Zeit auf ihrer Couch, während ich mich um den Haushalt gekümmert habe – aber sie war die ganze Zeit da.« Sie schaute auf die Uhr. »Ich bin gegen 18 Uhr gefahren, vielleicht fünf Minuten eher oder später.« Maria überlegte. Das Meeting beim Breitenfeld-Verlag war laut Auskunft Tom Feldmanns ebenfalls um 18 Uhr.

»Hat sie in der Zeit telefoniert, als Sie dort waren? Oder hat ihr Telefon geklingelt?« Der Agent sagte vorhin, er hätte sie unzählige Male versucht, anzurufen.

»Sí, als ich angefangen habe, telefonierte Señora Isabell gerade. Das war gegen 14 Uhr, aber ich weiß nicht, mit wem sie gesprochen hat, nur, dass sie etwas erregt gewesen ist.« Sie zog die Augenbrauen hoch und sah Maria direkt an. »Meinen Sie, ihr ist etwas zugestoßen?« Der ängstliche Unterton ihrer tiefen Stimme klang seltsam in Marias Ohren, was aber wohl daran lag, dass man solche Stimmlagen eher mit den nächtlichen RUF-MICH-AN Werbespots aus dem TV assoziierte, in denen sie meist dominanten Frauen zugeordnet wurden.

»Kann ich Ihnen nicht sagen, Frau Martinez —«.

»Nennen Sie mich Penélope, bitte«, unterbrach sie die Haushälterin und die Angst schien verschwunden.

»Gut, Penélope. Sie war erregt, sagen Sie. Haben Sie mit ihr darüber gesprochen? Ist Ihnen etwas aufgefallen? Etwas, das anders war als sonst?« Penélope griff nach ihrem Wasserglas und leerte es zur Hälfte. Dann stellte sie es ab und brachte mit langsam schwingenden Bewegungen die restliche Flüssigkeit dazu, sich im Kreis zu drehen.

»Nein, darüber gesprochen haben wir nicht, das geht mich nichts an. Aber es war schon etwas ungewöhnlich heute.« Maria war bis eben den beinahe hypnotisierenden Bewegungen des Wassers gefolgt. Jetzt wanderten ihre Augen vom Glas über den schlanken Arm der Mexikanerin, bis sie das Gesicht erreichten. Penélope beobachtete weiterhin den zirkulierenden Strudel. »Am Steg draußen lag ein Boot. Das war seltsam. Ich habe sonst noch nie eines dort gesehen.«

»Was für ein Boot war das und wem gehörte es?« Sie erinnerte sich an das Gespräch mit Katja und Tom auf dem Bootssteg zurück. An den einzelnen Schuh, der darauf lag, und daran, dass die Ebbe langsam eingesetzt hatte. Das heißt, dass um die Zeit des Meetings herum und gleichzeitig des mutmaßlichen Verschwindens der Autorin die Flut den höchsten Stand gehabt haben müsste. Wurde sie etwa auf dem Wasserweg entführt?

»Ich wollte Señora Isabell danach fragen, habe es dann aber vergessen. Bis eben. Es war so ein Motorboot mit einer kleinen Kabine, ganz genau habe ich es mir nicht angesehen. Was aber noch komisch war: Als ich nach Hause gefahren bin, parkte ein Wagen auf der Zufahrtstraße, den ich vorher noch nie gesehen habe. Da hat auch sonst noch nie jemand geparkt. Ein Sportwagen, aber ich glaube, dass darin niemand saß.«

»Sie meinen die Straße, die direkt zum Strandhaus führt? Den Privatweg?« Die Mexikanerin nickte. »Handelte es sich um einen Porsche? Haben Sie das Kennzeichen gesehen?«

»No«, erwiderte sie und lächelte leicht. »Kein Wagen wie ihn Señor Feldmann fährt. Es war eher einer von diesen kleinen, günstigen Flitzern. Ein Mazda oder Fiat, und bevor Sie fragen: Auf das Nummernschild habe ich leider nicht geachtet.«

»Schade. Wie lange sind Sie bei Frau Springer beschäftigt, Penélope?«

»Seit fast genau drei Jahren.«

»Das heißt, Sie waren auch schon hier, als Simon Springer noch bei seiner Frau lebte. Wie war er und wie war es mit ihm?« Das Lächeln verschwand und machte einem gleichgültigen Gesichtsausdruck Platz.

»Sí, natürlich war er auch hier. Wie es mit ihm war? Dazu kann ich nicht viel sagen. Ich bin drei- bis viermal in der Woche bei Señora Isabell und meist war ihr

Mann nicht da oder er blieb in seinem Büro, während ich gearbeitet habe.« Sie lachte kurz spöttisch auf. »Wofür auch immer er ein Büro gebraucht hat.«

»Sie mochten ihn nicht?«

»Er ist mir egal. Vielleicht mag er keine Ausländer oder, was ich eher glaube, er mag keine anderen Menschen. Jedenfalls ist er mir aus dem Weg gegangen und das fand ich auch gut so.« Maria nahm es mit Verwunderung zur Kenntnis, schließlich hatte Simon Springer vorhin seine Frau als genauso menschenscheu beschrieben, wie es Penélope jetzt von ihm behauptete. Was sie nicht nachvollziehen konnte, hatte er doch bei ihrem Gespräch aufgeschlossen und umgänglich auf sie gewirkt. Aber sei´s drum.

»Haben Sie mitbekommen, wie sich das Ehepaar Springer verstanden hat? Wie sie miteinander umgegangen sind? Gab es öfter Streit?«

»No, wie gesagt, ich habe ihn kaum gesehen. Daher weiß ich auch nicht, wie sie sich verstanden haben. Außer —«.

»Ja?«, forderte Maria sie auf, fortzufahren.

»Außer einmal, das war kurz bevor er ausgezogen ist, da haben sie gestritten und er hat sie dabei gepackt.« Sie umschloss mit einer Hand das Gelenk der anderen und drückte so fest, dass sich die Finger tief ins Fleisch gruben. »Ich tat so, als hätte ich es nicht gesehen, und stellte Señora Isabell irgendeine Frage, damit er aufhört. Er ließ sie sofort los als er mich bemerkte und an meinem nächsten Arbeitstag war er bereits ausgezogen.«

»Okay«, sagte Maria und notierte stichpunktartig, was Penélope ihr erzählte. »Was können Sie mir über die Blumensträuße sagen?« Die Angesprochene verzog das Gesicht und winkte ab.

»Sie meinen die Rosen in der Mülltonne?« Maria nickte. »Señora Isabell hat einen Verehrer, der ihr immer wieder einen Strauß vor die Tür legt. Und obwohl sie Rosen mag, wirft sie sie sofort weg. Sie müssen wissen, dass sie früher schonmal von einem Stalker belästigt wurde. Seitdem ist sie vorsichtig und ignoriert aufdringliche Geschenke ihrer Fans.«

»Also bekommt sie öfter Geschenke, Blumen und Fanpost?«

»Sí, aber nicht mehr so viel, wie es mal gewesen ist. Das hat sie mir jedenfalls so gesagt. Damals, als sie ihren Bestseller hatte, war es wohl wirklich viel. In den letzten Jahren nicht mehr so.« Maria räusperte sich. Sie dachte an die Besprechung mit den Jungs später und was sie ihr alles über ihr prominentes Opfer erzählen würden. Klar hatte sie den Namen der Schriftstellerin schon gehört, doch war sie bereits als Kind und Jugendliche nie der Schwärmerei für irgendwelche Prominente erlegen, wie es bei ihren Mitschülerinnen und Mitschülern der Fall gewesen war, die Popstars oder Fußballidole anhimmelten.

»Bezahlt Frau Springer Sie pünktlich und gut? Sind Sie zufrieden mit dem Job?« Penélope schaute sie mit leicht gesenktem Kopf von unten an.

»Wollen Sie mich abwerben?« Sie zwinkerte und fuhr fort. »Sí, ich bin sehr zufrieden bei ihr und mein Geld habe ich bislang immer zuverlässig bekommen.«

»Eine Frage habe ich noch: Wie lange sind Sie schon in Deutschland? Ich meine, Sie sprechen fast akzentfrei.«

»Gracias«, sagte Penélope und zeigte zwei Reihen makelloser, weißer Zähne. »Ich bin mit acht Jahren nach Wolfsburg gekommen und dort aufgewachsen. Mein Vater war Arbeiter im VW-Werk, bevor er wieder nach Mexiko zurückkehrte.«

»Das erklärt alles«, sagte Maria lachend und verabschiedete sich.

Kapitel 5

Auf der Fahrt zur Dienststelle ging Maria die beiden Gespräche noch einmal gedanklich durch. Die Befragung des Noch-Gatten war relativ substanzlos verlaufen, die Hinweise der Haushälterin auf das Boot und den Sportwagen in der Nähe des Hauses stufte sie jedoch als potentiell nützlich ein.

Ihre Kollegen erwarteten sie bereits. Goselüschen reichte ihr einen Becher mit grünem Tee, nachdem sie sich einen Stuhl herangezogen und sich zu ihnen gesetzt hatte.

»Danke«, sagte sie knapp und nahm ihm das Getränk aus der Hand.

»Ich mach´s kurz: Mein Ausflug war für´n Arsch. Der Schwarzer war nicht zu Hause. Er wohnt als Untermieter bei einer rüstigen Rentnerin. Sie hätte ihn seit gestern nicht gesehen, was aber immer mal vorkäme. Sie würde ihm ausrichten, dass er sich bei uns melden soll.«

»Na ja, wir haben auch ohne ihn genug zu tun«, sagte Maria und fasste die Gespräche mit Simon Springer und Penélope Martinez zusammen.

»Konnte sie das Boot genauer beschreiben?«

»Nein, Basti. Der Bootssteg ist etwa hundert Meter vom Haus entfernt und einige herunterhängende Äste verdecken zum Teil die Sicht darauf.« Sie hob entschuldigend die Hände. »Dazu hätte sie Adleraugen mit Zoomfunktion haben müssen.«

»Du hast doch eben gesagt, sie wäre scharf. Bezog sich das nicht auch auf ihre Augen?«

»Semiwitzig«, entgegnete Maria in Richtung Goselüschen, während sie zweideutig eine Augenbraue hob. Nach einem Schluck Tee wandte sie sich zu Sebastian. »Was hast du herausgefunden?« Ihr junger Kollege rieb sich grinsend die Hände und drehte zwei seiner Monitore so, dass alle sie gut einsehen konnten.

»Wie ich dir am Telefon schon gesagt habe: jede Menge. Was davon allerdings wichtig ist – keine Ahnung.«

»Laber nicht rum und schieß los«, forderte Goselüschen grummelnd.

»Ist ja gut, ist ja gut«, beschwichtigte er. »Vorab sei erwähnt, dass ich noch lange nicht alles zusammengetragen habe, was das Netz über sie hergibt.«

»Fang doch damit an, was du über ihre Finanzen hast. Oder bist du dazu noch nicht gekommen?«

»Doch, doch«, entgegnete er schnell. »War zwar etwas tricky, aber die Staatsanwaltschaft hat mitgespielt, woraufhin die Bank sich kooperativ gezeigt hat.« Er öffnete mit einem Mausklick ein Fenster und fuhr mit dem Cursor darüber. »Wenn man sich das Strandhaus und den Lexus anschaut, sollte man annehmen, dass sie Kohle im Überfluss haben müsste. Aber weit gefehlt: Der Wagen ist geleast und die Hütte ist mit zwei Hypotheken belastet. Um den Banker zu zitieren:

Ihr steht das Wasser nicht bis zum Hals, aber sie sollte sich in der Nähe der Rettungsstation aufhalten.«

»Wenn ich ihren Agenten richtig verstanden habe, hätte der Deal mit dem Breitenfeld-Verlag einen guten Rettungsring ergeben. Aber warum hat sie so wenig Kohle? Sie ist doch Bestsellerautorin.«

»Dazu muss ich etwas ausholen«, begann Sebastian. »Am besten tue ich das der Reihe nach. Vor zehn Jahren hat sie mit einem Thriller – den ich übrigens sehr gelungen fand – eine Literaturausschreibung für Jungautoren gewonnen, der ihr den ersten Verlagsvertrag und ein nettes Preisgeld im fünfstelligen Bereich einbrachte. Zwei Jahre später veröffentlichte derselbe Verlag ihren zweiten Titel, wieder einen Thriller, den ich natürlich ebenfalls verschlungen habe. Die beiden Bücher verkauften sich wohl ganz ordentlich, doch danach kam längere Zeit nichts von ihr.« Er deutete zum Monitor. »Das meiste kann man übrigens auf Wikipedia nachlesen. 2013 wurde dann ihr Jahr. Über den Breitenfeld-Verlag veröffentlichte sie ihren *Auf Wolke 5 ist es auch ganz kuschlig,* der in sämtlichen einschlägigen Bestsellerlisten unter den ersten 10 Plätzen rangierte. Es fanden gar Gespräche mit den Scouts einer Produktionsfirma aus Süddeutschland statt, die einen Kinofilm daraus machen wollten und mit *Til Schweiger* schon einen Kandidaten für die Hauptrolle hatten.«

»Dieser Typ, der die besonders realistischen *Tatort*-Folgen dreht?«, hakte Goselüschen nach und verzog das Gesicht.

»Ja genau, der Typ, der nach *Schimanski Tatort* endlich mal wieder kinofähig gemacht hat«, entgegnete der IT-Spezialist, dem der Schauspieler offenbar gefiel. »Egal, zur Verfilmung ist es nicht gekommen.«

»Schade«, warf Maria ein. »Weißt du, woran es gescheitert ist?« Sebastian fuhr sich durch die Haare und sorgte mit einigen Klicks dafür, dass mehrere Überschriften von Zeitungsartikeln auf den Monitoren erschienen.

»Dazu gibt es verschiedene Aussagen. Hier –.« Er deutete auf eine der Schlagzeilen. »Die sagt, dass Verlag und Produktionsfirma sich nicht einigen konnten und die hier –«, er fuhr mit dem Cursor auf eine andere, »dass Breitenfeld wohl noch Angebote von ausländischen Produzenten bekommen hatte und sich schlicht verspekulierte. Andere wiederum vermuteten einen plötzlichen Rückzieher des Filmstudios aufgrund eines finanziellen Engpasses, der aus anderen Produktionen entstanden war.«

»Also gibt es keine eindeutige Antwort darauf?«

»Nein, Maria.« Sebastian rief den Wikipediaeintrag Springers auf. »Was ich aber interessant finde, ist, dass sie danach keinen Titel mehr über den Breitenfeld-Verlag veröffentlicht hat und auch über keinen anderen.« Er zoomte die Liste ihrer Veröffentlichungen groß, die untereinander aufgereiht standen, wobei der jeweilige Verlag in Klammern dahinter aufgeführt war.

»Eigenverlag?«, warf Goselüschen ein, als er die eingeklammerten Einträge hinter den letzten Veröffentlichungen gelesen hatte. »Was soll das sein? Hat sie selbst einen gegründet? Geht das so einfach?« Maria blickte ihn von der Seite an. Von klein auf war sie eine Leseratte und das hatte sich nie geändert. Auch wenn sie zwischenzeitlich statt Romance und Krimis viel Fachliteratur verschlang, konnte sie sich noch genau so gut in ein fesselndes Buch fallen lassen wie in eine gut gemachte TV-Produktion. Meist sogar besser.

»Du liest nicht so viel, oder?«

»Boah, jetzt fang du nicht auch noch an. Reicht es nicht, dass mich dieser Grünschnabel der Legasthenie bezichtigt?« Er machte eine Geste in Sebastians Richtung, der sich ein Schmunzeln nicht verkneifen konnte. »Auf der Fensterbank meiner Toilette stapeln sich etliche Asterix- und Lucky Luke-Comics. Ist das Antwort genug?« Auch Maria musste lächeln.

»Ich habe nichts anderes von dir erwartet«, sagte sie. »Aber das ist wahrscheinlich ganz gut, so bist du zumindest unvoreingenommen in diesem Fall.«

»Um deine Frage zu beantworten«, begann Sebastian. »Eigenverlag, oder neudeutsch Selfpublishing, ist seit etwa fünf, sechs Jahren hier auf dem Vormarsch. Das wurde vor allem von Amazon vorangetrieben. Seitdem kann jeder, der eine Geschichte erzählen will, sie dort hochladen und – sofern er dafür Interessenten findet – sie auch verkaufen.« Goselüschen folgte gebannt den Ausführungen.

»Daneben gibt es zwei weitere Möglichkeiten, die vor dem Einzug des Selfpublishings gang und gäbe waren«, sagte Maria, die über dieses Thema häufiger in den Büchergruppen auf Facebook gelesen hatte, in denen sie Mitglied war. »Entweder du findest einen Verlag, der quasi dein Manuskript einkauft, stadtfein macht und veröffentlicht, oder du suchst dir das, was die Insider einen Druckkostenzuschussverlag nennen. Dort zahlst du eine Stange Geld, manchmal ein paar Tausender, und bekommst dafür einen Karton deiner Taschenbücher, die, so man den Erzählungen glaubt, dann in deiner Garage vor sich hingammeln, da kein Schwein sie kauft.«

»Das ist wohl eher die Variante für die Leute, die es für ihr Ego brauchen, dass sie Besuchern ihre Bücher zeigen können«, ergänzte Sebastian.

»Und für die, die eine leere Garage haben«, folgerte Goselüschen schmunzelnd. »Okay, und so hat es die Springer die letzten Jahre gehandhabt? Dann erklärt sich auch, warum sie finanziell nicht auf Rosen gebettet ist.«

»Nein, Gose. Das machen heute nur noch die wenigsten. Du kannst komplett kostenfrei dein eigenes Buch hochladen, malst dir selbst ein Cover dazu oder kaufst irgendwo eines und schon geht es in den Verkauf.«

»Also arbeitet Isabell Springer sozusagen alleine?«

»Jop«, sagte Maria. »Und da sie aus ihren Verlagszeiten viele Fans mitgenommen hat, hat sie wohl auch ziemlich gut was verkauft.«

»Was heißt ziemlich gut?«

»Genaue Zahlen habe ich natürlich nicht, aber wenn man der in den Gruppen aktiven Autorenschaft glauben kann, verdienen zumindest die erfolgreichsten 150 mindestens vier- bis fünftausend Euro im Monat. Die Topautoren natürlich fünfstellig. Ich habe vor einiger Zeit eine Statistik überflogen, wonach in Deutschland insgesamt nur ein paar Hundert von ihrem Geschreibe leben können – die Hälfte davon scheinen Selfpublisher zu sein.« Goselüschen runzelte die Stirn und öffnete den Mund, als ob er etwas sagen wollte. Er schloss ihn wieder, atmete tief ein und sagte dann:

»Das hört sich ja nach zwei Lagern an: auf der einen Seite die Selfpublisher und auf der anderen die Verlage mit ihren Autoren. Letztere begrüßen den Eigenverlag dann sicher nicht, oder?«

»Auch dazu kann ich nur sagen, was ich nebenbei mitbekommen habe. Viele fahren mittlerweile zweigleisig, veröffentlichen also selbst und bei Verlagen. Die nennen sich dann Hybridautoren. Was die Verlage angeht, gerade die großen wie Breitenfeld, die würden sicher gern das Rad der Zeit zurückdrehen und diese unliebsame Konkurrenz loswerden.«

»Zumal ihnen die Rolle als Gatekeeper des Buchhandels langsam abhandenkommt. Ich glaube, das ärgert sie am meisten«, ergänzte Sebastian.

»Gatekeeper des Buchhandels, was soll das denn jetzt schon wieder bedeuten?« Maria holte Luft, um auch diese Frage Goselüschens zu beantworten.

»Bis vor einigen Jahren lag es in der Hand der Verlage, was wir als Leserinnen und Leser angeboten bekommen. Seitdem Amazon und Tolino Media hingegen auf der Bildfläche erschienen sind und den Markt aufmischen, entscheiden das vor allem die Selfpublisher. Darunter gibt es etliche, deren Manuskripte eben nicht wegen mangelnder Qualität, sondern vielmehr wegen des Themas abgelehnt worden sind, was dann seitens der Verlage mit ›es passt nicht ins Programm‹ oder ›es besteht kein Markt dafür‹ begründet wurde. Vergleicht man jetzt mal die Bestsellercharts von Amazon mit beispielsweise denen vom Spiegel, sieht man schnell, dass die Verlage einem großen Irrtum aufgesessen sind. Viele Titel, die man bei Amazon findet, würde die durchschnittliche Buchhändlerin nicht mit der Kneifzange anfassen. Dazu muss man wissen, dass das Selfpublishing vorrangig ein E-Book-Phänomen ist und dass bei gedruckten Büchern der Marktanteil der Verlage, an denen der stationäre Buchhandel ja hängt, immer noch herausragend ist.«

»Hm, wenn ich mir das so anhöre, bekomme ich als Bewahrer doch etwas Magenschmerzen. Gibt es nicht unendlich viel Müll, wenn jeder Hans und Franz und jede Hannelore seine bzw. ihre hochdramatische und doch sterbenslangweilige Autobiographie anbieten kann, die möglicherweise vor Fehlern nur so strotzt?« Maria lachte auf.

»Der Punkt geht an dich, Gose. In der Tat tummelt sich unter den Veröffentlichungen auch eine Menge Schrott, man muss aber nicht blind kaufen. Es gibt die Möglichkeit, vorab etwa zehn Prozent des Buches digital als Leseprobe anzuschauen. Wenn man das macht, kann man schon sehr gut die Spreu vom Weizen trennen. Und viele der Autoren schreiben mittlerweile hauptberuflich und veröffentlichen ihre Werke erst, nachdem sie ein professionelles Lektorat und Korrektorat durchlaufen haben. Ich als temporäre Vielleserin kann sagen, dass zumindest meine bevorzugten Lieblingsautoren, die als Selfpublisher veröffentlichen, meinen Verlagslieblingsautoren in nichts nachstehen.«

»Das unterschreibe ich so«, pflichtete Sebastian ihr bei.

»Okay, also heißt Selfpublishing nicht automatisch, dass das eine Notlösung darstellt, weil man keinen Verlag gefunden hat?« Die beiden anderen verneinten. »Demnach könnte Isabell Springer bewusst diesen Weg gewählt haben, richtig?« Seine Kollegen nickten. »Dann könnte es also sein, dass Springer den Vertrag mit Breitenfeld hat platzen lassen, weil sie ihr Buch doch selbst veröffentlichen wollte und sich gegen dieses Hybrid-Zeugs entschieden hat.«

»Klar, das könnte sein«, bestätigte Maria. »Aber das hätte sie auch machen können, ohne sich entführen zu lassen.«

»Vielleicht bestand so etwas wie ein Vorvertrag zwischen ihr und dem Verlag, aus dem sie nicht anders rauskam«, mutmaßte Sebastian.

»Das können wir nicht ausschließen. Und falls dem so sein sollte, wäre der Verlag sicher nicht gut auf sie zu sprechen. Warum aber sollte das etwas mit ihrem Verschwinden zu tun haben? Das ergibt doch keinen Sinn.«

»Trotzdem sollten wir uns mit jemandem bei Breitenfeld unterhalten. Vielleicht steckt doch mehr hinter diesem Vertrag, als wir wissen.«

»Ich hätte noch ein paar andere Anhaltspunkte«, sagte Sebastian. »Bei meinen Recherchen las ich einige Google-Kommentare von Usern über die Springer, die im besten Falle als nicht nett, im schlimmsten als geschäftsschädigend bezeichnet werden können.« Er wartete, bis er die Aufmerksamkeit der beiden hatte. »Auf einem Blog fand ich einen Thread aus dem vorletzten Jahr, in dem sich die Kommentatoren virtuell die Augen aushackten. Dabei ging es um den Vorwurf, dass Isabell Springer einige ihrer Bücher wohl nicht ganz allein geschrieben haben soll. Laut der Blogbetreiberin musste sie Passagen ihres Beitrages wegen einer gerichtlichen Verfügung schwärzen, die wohl auf Betreiben Springers erlassen worden war. So konnte man einen Plagiatsvorwurf nur zwischen den Zeilen vermuten, in den Kommentaren darunter wurden jedoch einige User ziemlich deutlich. Vereinzelt wird sie offen des Betrugs beschuldigt. Manche denken wirklich, man könne sich im Internet ungestraft alles erlauben.«

»Das ist interessant. Weißt du Näheres über die Vorwürfe?«

»Meine Recherche ergab, dass tatsächlich Anzeige wegen Urheberrechtsverletzung gegen Isabell Springer erstattet wurde, es jedoch zu einer außergerichtlichen Einigung zwischen den Parteien gekommen ist, über deren Ergebnis Stillschweigen herrscht.«

»Dein Ernst?« Sebastian nickte. »Das erinnert mich an einen Fall, der vor einigen Jahren mal durch die Presse ging. Das war auch so ein Sternchen. Sie hatte gleich bei zweien ihrer Bücher abgepinnt, aber letztlich wurde auch bei ihrem Vergehen alles unter der Hand geregelt.«

»Echt? Wer war das denn?«

»Den Namen weiß ich jetzt nicht. Die war in dem Moment für mich gestorben, als der Nachweis erbracht worden war. Aber ich meine, ihre Fanbase hätte ihr alles verziehen und sie soll jetzt erfolgreicher sein als zuvor. So jedenfalls lese ich es hin und wieder in den Büchergruppen, die bei dieser Autorendarstellerin auch geteilter Meinung sind.«

»Autorendarstellerin? Was würde ich dafür geben, wenn ich wüsste, worüber ihr hier redet.«

»So wurde sie im Zuge der Affäre von einigen ihrer erbosten Kollegen genannt, Gose. Und ich finde, das trifft es auch sehr gut.«

»Aber das tut für unseren Fall nichts zur Sache, oder?«

»Nein, da hast du recht.« Sie richtete das Wort an Sebastian. »Weißt du, um welche Titel es bei den Diskussionen geht?«

»Bei der Springer?« Maria nickte. »Das war schnell rauszufinden. Dazu musste ich mir nur die Rezensionen zu ihren Büchern durchlesen. Die ersten Vermutungen seitens der Leser traten schon bei dem letzten Verlagsbuch von ihr auf, bei dem die Verfilmung gescheitert ist. Und bei den Folgenden habe ich vereinzelte Aussagen gefunden, dass die jeweilige Story der Rezensentin sehr bekannt vorkam. Allerdings stehen unter jeder dieser kritischen Aussagen einige

Pöbelantworten von wahrscheinlich den Fans der Autorin, die virtuell gnadenlos auf die Rezensentin eindreschen.«

»Was ist das denn für ein Affenzirkus?«, echauffierte sich Goselüschen. »Darf sich heute jeder Literaturkritiker nennen? Gibt es dafür nicht *Reich-Ranitzky* und so?«

»Der gute Marcel ist bereits vor ein paar Jahren von uns gegangen«, klärte ihn Maria über den Tod des wohl bekanntesten deutschsprachigen Literaturkritikers auf. »Aber in der Tat ist es so, dass jeder seine Meinung zu einem Buch, wie auch zu jedem anderen Artikel bei Amazon, in die Welt hinausschreien darf.«

»Verrückte Welt.«

»Willkommen im 21. Jahrhundert, du Bewahrer.« Maria lachte und klopfte ihm mit der Hand auf die Schulter.

»Hast du ihren Laptop schon durchforstet?«

»Nein, den haben die Kollegen erst vor einer halben Stunde reingegeben. Ich mach mich gleich dran, sobald wir hier durch sind.« Er wandte sich von ihnen ab und kramte auf seinem Schreibtisch herum, bis er den gesuchten, flachen Ordner fand. Während er sich wieder umdrehte, schlug er ihn auf. »Die Spurensicherung ergab nicht viel«, murmelte er. »Die sichergestellten Fingerabdrücke laufen noch durch unser System. Die Putzfrau hat offensichtlich ganze Arbeit geleistet.«

»Haushälterin«, korrigierte Maria. »Ich konnte vorhin keine Spuren an den Türen und Fenstern entdecken. Hat die KTU da was gefunden?« Sebastian überflog den Ordner.

»Nein, keine Hinweise auf unsachgemäße Öffnung. Sie hat ihrem Entführer wohl selbst die Tür aufgemacht.«

»Hm, und sie von innen abgeschlossen? Eher nicht, es sei denn, er war als Übernachtungsgast eingeplant. Aber vielleicht hatte sie eine Terrassentür offen, durch die der Täter reinkam?«

»Und sie damit überrascht hat«, führte Goselüschen fort. »Was erklären würde, dass du keine Kampfspuren gesehen hast.«

»Hier ist noch was.« Sebastian zog die Augenbrauen hoch und tippte mit dem Zeigefinger auf eine Stelle des Dokuments. »Sie haben auf dem Bootssteg Kratzspuren und einen abgebrochenen Fingernagel sichergestellt.« Er pfiff anerkennend. »Ich bin immer wieder überrascht, wonach die suchen und was die so alles finden.«

»Zumal es nach dem vermeintlichen Tatzeitpunkt einen Wolkenbruch gab. Das heißt, der Nagel muss schon ziemlich tief im Holz gesteckt haben. Andernfalls wäre er weggespült worden.« Sie schaute zu Goselüschen, der nachdenklich auf den Ordner in Sebastians Hand blickte. »Was hast du?«

»Du sagtest doch, der Feldmann hat euch zum Steg geführt.« Sie nickte. »Also war er vorher schonmal da. Vielleicht hat er den dort deponiert?« Im ersten Moment wollte Maria loslachen, doch wusste auch sie aus langjähriger Erfahrung, dass abstrus erscheinende

Hinweise später zur Aufklärung einer Tat führen konnten. Sie versuchte krampfhaft, sich seine Hände in Erinnerung zu rufen. Vergeblich. Sie sah zwar sein Gesicht so deutlich vor sich wie ein Foto mit höchster Auflösung einer Digitalkamera und auch die Farbe seines Hemds, der Schnitt seines Jacketts und die Form seiner Schuhe waren präsent, nicht aber seine Hände. Die verschwammen in ihrer Vorstellung, als wäre mit einem Weichzeichner darüber gegangen worden. Sie schüttelte kurz den Kopf, worauf ihr blonder Pferdeschwanz hin und her wippte, und vertrieb damit sein Bild aus ihren Gedanken.

»Nein, mir ist da nichts aufgefallen, aber behalten wir das im Hinterkopf«, sagte sie schließlich.

Kapitel 6

Tom Feldmann blickte überrascht auf das Display seines Smartphones. Eingehender Anruf von Hans Breitenfeld, stand dort, während das Gerät in kurzen Abständen vibrierend über die Schreibtischplatte wanderte. Was will der jetzt von mir? Zögerlich griff er danach und nahm das Gespräch an.

»Feldmann«, sagte er knapp, bemüht darum, einen gleichgültigen Ton in seine Stimme zu legen.

»Zum Teufel nochmal, was ist da los bei Ihnen und Isabell?« Tom hielt sein Telefon am ausgestreckten Arm und blickte verdutzt darauf, bevor er es wieder an sein Ohr hielt.

»Was meinen Sie damit, Herr Breitenfeld?«

»Was wohl, Sie Experte? Die Meldungen im Internet überschlagen sich mit Vermutungen, wo Isabell Springer sein könnte und ob sie möglicherweise entführt wurde. Also, was ist da los?« Tom durchlief ein Schauer. Er hatte peinlichst darauf geachtet, niemandem aus seinem Team von der gescheiterten Vertragsunterschrift und dem Verschwinden seiner Topautorin zu erzählen – einerseits, um sie nicht zu beunruhigen, was ihren Job anging, andererseits, um den Ermittlungen der Polizei nicht im Wege zu stehen. Doch irgendwer hat seine Klappe wohl nicht halten können, entweder jemand von den Cops oder von den

Zeugen, die befragt worden waren. Egal, ist nicht zu ändern, dachte er und seufzte kurz.

»Einen Moment, ich habe ein Gespräch auf der anderen Leitung. Warten Sie bitte, ich beende es.« Er drückte auf die Stummtaste und rief die Autorenseite Isabells auf Facebook auf. Er schluckte, als er den obersten Gastbeitrag sah. Wo ist Isabell Springer?, stand in Großbuchstaben auf schwarzem Untergrund geschrieben und sage und schreibe 244 Kommentare verschiedener Fans ihrer Seite hatten darunter ihre Theorien verewigt. Schnell überflog er die ersten davon und war verblüfft darüber, dass trotz vieler Schüsse ins Blaue doch einige dabei waren, die zumindest manche Fakten zu kennen schienen – jedenfalls soweit er selbst sie kannte. Natürlich fehlten die negativen Bemerkungen nicht, die das Verschwinden der Autorin begrüßten oder sich mit selbst zusammengestellten Bildern einen Spaß aus der Situation machten. Wenig überraschend wurden diese Posts von den eingefleischten Fans Springers mit wütenden Widerworten belegt. Er klappte seinen Laptop zu und schaltete das Handy wieder auf laut. »Nun, Herr Breitenfeld, ich kann Ihnen leider auch nicht mehr dazu sagen, als dass Isabell offensichtlich entführt wurde. Die Kripo ermittelt bereits mit Hochdruck.«

»Was? Aber warum?«, sagte Breitenfeld und seine Stimme war längst nicht mehr so hart wie am frühen Abend im Verlagshaus. »Mensch, sowas gibt es doch nicht. Wer will dem Mädel denn was Böses? Wissen Sie, wer dahinter stecken könnte?«

»Tut mir leid, aber ich kann Ihnen keine weiteren Details nennen. Nicht, weil ich es nicht will, sondern schlicht und einfach, weil ich nichts weiß außer dem, was im Netz schon vermutet wird.« Nach einer Pause räusperte sich der Seniorchef des Verlags.

»Das ist furchtbar. Ich hoffe, dass sie möglichst schnell und vor allem gesund und munter gefunden wird.«

»Entschuldigung noch mal für heute Nachmittag, ich wusste nichts –.«

»Papperlapapp, Tom«, unterbrach er ihn. »Machen Sie sich darüber keinen Kopf. Sehen Sie zu, dass das Mädel schnell wieder auftaucht, den Vertrag kann sie immer noch unterschreiben.« Tom zwang sich, nicht zu überschwänglich zu klingen, obwohl ihm ein Felsen von den Schultern fiel.

»Danke für Ihr Verständnis, Herr Breitenfeld. Sie sind der Erste, den ich benachrichtigen werde, sobald ich etwas weiß.«

Seine Hände zitterten und er spürte, wie ihm der Schweiß aus allen Poren schoss. Er atmete mehrmals tief durch, bevor er sich wieder seinem Laptop zuwandte und sämtliche Einträge unter dem Post auf Isabells Autorenseite noch einmal gründlich durchlas.

***

Es ging auf Mitternacht zu. Der Mond schaffte es kaum, durch die Wolkendecke hindurchzuscheinen, die sich offensichtlich für den nächsten Regenschauer sammelte. Doch davon bekam Sebastian nichts mit, er war vertieft in die virtuelle Entwicklung des Falls. Genau wie Tom Feldmann 30 Kilometer entfernt nahm er am Rechner in seinem fensterlosen Büro jeden einzelnen Kommentar unter die Lupe und versuchte, die wenigen auszusieben, die etwas Substanz enthielten. Um die Informationen zu kanalisieren, setzte er einen offiziellen Aufruf über die Homepage der Polizei Aurich ab, der um Hinweise über den Verbleib der Autorin bat, und verlinkte ihn mit der Seite Isabell Springers. Es dauerte nicht lange, bis die ersten Kommentare erschienen und nach einer halben Stunde musste er eine Kollegin als Verstärkung rufen, da er die Menge allein nicht bearbeiten konnte. Sie übernahm die hereinkommenden Anrufe, während er die ankommenden E-Mails und konkreten Kommentare auf Facebook sichtete und in Einzelfällen beantwortete.

»Hey, wie schaut es aus?« Goselüschen war bemüht, beim Betreten des Büros nichts fallen zu lassen. Bevor Sebastian fragen konnte, was er denn so mit sich herumschleppte, stellte Goselüschen zu seiner Überraschung den beiden jeweils eine Tasse Kaffee und zwei Gebäckstücke auf einer Pappe an ihren Arbeitsplatz.

»Oh, danke.«

»Kein Ding, Kollege, ihr braucht Energie.« Die junge Kollegin lächelte, verdrehte jedoch die Augen in Richtung des Telefonhörers, den sie mit der linken Schulter ans Ohr drückte.

»Verstehe«, sagte Goselüschen und bedeutete ihr mit einer Handbewegung, ihm den Hörer zu geben. »Ich übernehm solange.«

»Danke dir, mir hängt der Magen auch schon auf den Knien«, sagte sie und biss in ein Stück Apfelkuchen, nachdem er ihren Platz eingenommen hatte.

»Also?«, hakte er nach.

»Das Übliche«, begann Sebastian. »Einige wollen sie vor kurzem gesehen haben, viele wünschen uns einfach viel Erfolg und manche halten uns natürlich unser Unvermögen vor, hier für Recht und Ordnung zu sorgen.« Goselüschen schnaubte verächtlich und setzte gerade zu einer Antwort an, da kam das nächste Gespräch rein.

»Johann Sörensen mein Name«, meldete sich eine tiefe Stimme, die Goselüschen einem älteren Mann zuordnete. »Bin ich da richtig wegen der Schriftstellerin-Sache?«

»Oberkommissar Goselüschen, Kripo Aurich. Wenn Sie den Vermisstenfall Isabell Springer meinen, dann ja.«

»Ja genau, ich weiß ja nicht, ob Ihnen das hilft, aber ich bin heute Abend mit meinem Kutter an ihrem Anwesen vorbeigetuckert und ich habe jemanden an ihrem Bootssteg gesehen.« Goselüschen wies seine beiden Kollegen, die sich schmatzend miteinander unterhielten, an, ruhig zu sein, und stellte auf Lautsprecher.

»Sind Sie sicher, dass es der Steg vor dem Springer-Haus war?«

»Hehe, so viele Prominente haben wir in Ostfriesland nun auch wieder nicht, dass ich das verwechseln könnte.« Er lachte laut auf, sodass Goselüschen zusammenzuckte. »Ich komm da täglich dran vorbei – zweimal – und bisher hab ich noch nie ein Boot dort anlegen sehen, daher hab ich diesmal etwas genauer hingesehen.«

»Okay, wann sind Sie dort vorbeigekommen und was oder wen haben Sie gesehen?«

»Das muss gegen sechs, halb sieben gewesen sein. Erkannt habe ich keinen von den beiden, dafür war ich zu weit draußen.«

»Von den beiden? Also haben Sie zwei Personen gesehen, von denen Sie keine erkannt haben?«

»Richtig, Herr Kommissar. Die gingen hintereinander in Richtung des Bootes. Mehr habe ich nicht gesehen.«

»Können Sie das Boot beschreiben?«

»Ach, das war so´n kurzes Ding, höchstens sechs Meter lang. Mit `ner kleinen Kabine drauf. Davon liegen in den Häfen bestimmt hunderte.«

Goselüschen beendete das Gespräch, nachdem er die Personalien des Mannes aufgenommen hatte, und wandte sich zu Sebastian, der ihn hoffnungsvoll ansah.

»Damit können wir wenigstens die Zeit schonmal genauer eingrenzen. Wäre nett gewesen, wenn er das Boot genauer beschreiben hätte können.«

»Ja, so kommen wir nicht weit. Selbst wenn ich alle Bootsverleihe entlang der Küste abklappere, muss uns das nicht helfen, wenn es dem Täter gehört oder er es gestohlen hat.«

***

Konrad Breitenfeld zog sich gerade eine Line in die Nase, als unvermittelt das Telefon klingelte. Er nahm ab und sofort begann sein Vater, ihn über die Entwicklung im Fall Isabell Springer zu informieren.

»Ja und? Was soll ich dazu sagen?«, rief er mit überdrehter Stimme in den Hörer, worauf er seinen alten Herrn seufzen hörte.

»Junge, bist du wieder drauf?«, fragte er mit vorwurfsvollem Ton. Konrad lachte kurz auf. Natürlich bin ich das, wie soll man es auch sonst mit dir aushalten, du gottverdammter, alter Narr?, dachte er, riss sich dann jedoch zusammen.

»Nein. Aber ich habe von Anfang an gesagt, dass wir mit der Springer nur Schwierigkeiten haben werden. Was also willst du von mir hören? Soll ich Mitleid mit ihr haben?« Eine Pause entstand, in der er seinen Vater atmen hörte.

»Du hast schon verstanden, dass sie wahrscheinlich einer Entführung zum Opfer gefallen ist?«, fragte der alte Breitenfeld in einem Ton, als würde er mit einem Vierjährigen sprechen.

»Und wenn sie von Aliens verschleppt wurde, die sie seitdem zu fünft penetrieren – das ist mir scheißegal!«

»Vielleicht hast du tatsächlich recht. Lass uns morgen in Ruhe darüber reden«, sagte er schließlich mit milder Stimme und legte auf, bevor sein Sohn etwas erwidern konnte.

Konrad stand unter Dampf. Das Kokain brachte sein Blut in Wallungen und die schier endlose Energie, die von der Droge in ihm freigesetzt wurde, wollte losgelassen werden. Und das Telefonat mit dem Alten putschte ihn noch mehr auf. Er blickte zu Denise – so jedenfalls nannte sich die Prostituierte, die nur noch mit einem Slip bekleidet vor ihm kniete und sich mit seiner unteren Region befasste. Kurz überlegte er, sie von sich zu stoßen oder ihr ein paar reinzuhauen. Doch er begnügte sich damit, sie an den langen roten Haaren hochzuziehen, sie danach bäuchlings über die Sessellehne zu drücken, ihren Slip herunterzureißen und es ihr von hinten zu besorgen.

Schwer atmend ließ er nach einer Weile von ihr ab und sackte auf das Sofa. Er würdigte Denise keines Blickes, als sie sich anzog und sein Apartment verließ.

Einige Zeit saß er nur so da und starrte auf einen Punkt an der Zimmerdecke. Seinen Druck war er zwar losgeworden, doch langsam verflüchtigte sich das Hochgefühl und er machte sich mental auf eine harte Landung gefasst. Das war ihm vertraut, doch wurde es in der letzten Zeit immer schlimmer. »Verdammtes Dreckszeug«, schrie er und wischte mit einer Handbewegung die letzten Krümel des weißen Pulvers von der Glasplatte des Tisches.

Langsam wurde sein Kopf wieder klar und er erinnerte sich an das Telefonat von vorhin mit seinem Vater. Isabell Springer wurde also immer noch vermisst. Was zum Teufel war da schiefgelaufen? Er griff nach seinem Smartphone und wählte die Nummer von Charlie Meister. Erst nach dem fünften Klingelzeichen meldete sich der ehemalige Soldat.

»Ja?«

»Hören Sie mal, was ist da los? Was haben Sie mit der Frau gemacht?«

»Langsam, langsam, was soll ich schon mit ihr gemacht haben? Ich habe nur Ihre Anweisungen befolgt.« Konrad Breitenfeld durchlief ein Frösteln bei der Stimme Meisters, die gleichgültig klang und dennoch scharf wie das Skalpell eines Chirurgen in seine Ohren schnitt. Er sehnte sich nach einer weiteren Line Koks.

»Ich wollte nicht, dass –.«

»Halten Sie die Klappe, Mann«, unterbrach ihn Meister barsch. »Sie sollten sich überlegen, was Sie wollen, bevor Sie mir einen Auftrag geben. Ansonsten entwickeln sich halt manchmal Dinge anders als geplant. Und jetzt sehen Sie zu, dass meine Kohle morgen im Schließfach ist und ficken Sie sich!«

»Ja, aber –«, wandt Breitenfeld mit unsicherer Stimme ein.

»Kein Aber«, schnitt ihm Meister erneut das Wort ab. »Und Breitenfeld: Rufen Sie mich nie wieder an! Haben Sie verstanden? Nie wieder! Ich kann mit solchen Waschlappen wie Ihnen nicht arbeiten.«

Fassungslos starrte Konrad Breitenfeld auf das Display. Anruf beendet, las er, im nächsten Moment war es schwarz. Er schüttelte sich, ihm war, als würde er in einem Ameisenhaufen sitzen – überall juckte es. Der Schweiß schoss aus allen Poren. »Verdammt! Verdammt! Verdammt!« Die Sache lief irgendwie aus dem Ruder. Er sprang auf und rannte ins Bad. Eine eiskalte Dusche würde ihn wieder klar denken lassen, hoffte er und drehte am Kaltwasserhebel.

Kapitel 7

Im Gegensatz zu ihren Kollegen, die ziemlich über-nächtigt dreinschauten, sah Maria frisch und ausgeruht aus, was nicht zuletzt daran lag, dass sie in der Nacht deutlich mehr Schlaf bekommen hatte.

»Es sieht also danach aus, dass unser Entführer das Haus beobachtet hat und, nachdem die Haushälterin weggefahren war, Isabell Springer wie auch immer zum Boot gelockt oder verschleppt hat, um sie auf dem Seeweg fortzuschaffen«, fasste sie grob zusammen, nachdem sie über alle Erkenntnisse infor-miert worden war. Sie hatten am Morgen mit Katja Detersen gesprochen, welche am Vortag auf Marias Bitte hin die Leute in der näheren Umgebung von Frau Springers Haus befragt hatte, ob ihnen in der Zeit des Verschwindens von Frau Springer etwas Ungewöhnliches aufgefallen ist. Leider ergab sich daraus keine Spur: Keiner der drei in der Nähe des Strandhauses wohnenden Nachbarn hatte etwas gesehen oder gehört. Auch der Sportwagen, der an der Einmündung zur Auffahrt zum Strandhaus geparkt hatte, war keinem aufgefallen.

»Wobei ich mich frage, warum er mit einem Wagen kommt, sie dann jedoch mit einem Boot entführt. Das ergibt doch keinen Sinn«, warf Goselüschen gähnend ein.

»Zumal er ja sein Auto auch irgendwie da weg bekommen musste«, ergänzte Sebastian. Maria sah die beiden nacheinander an und lächelte.

»Ich schlage vor, ihr beiden haut euch ein paar Stunden auf's Ohr. In der Zeit unterhalte ich mich mal mit den Leuten vom Verlag.«

»Gute Idee«, sagte Sebastian und hielt sich die Hand vor den Mund. In der Tat war es eine lange Nacht gewesen, die sie sich – rückwirkend betrachtet – allerdings auch hätten schenken können, da abgesehen vom Anruf des Fischers, der zwei Leute auf dem Anleger gesehen hatte, kein nennenswerter Hinweis eingegangen war. »Aber vorher will ich mir den Laptop von der Springer zu Ende ansehen, ich hänge da noch an einigen passwortgeschützten Stellen fest.«

»Die du natürlich knacken wirst«, sagte Goselüschen in seine Richtung, worauf Sebastian die Augenbrauen hochzog und leicht den Kopf schüttelte.

»Du stellst Fragen ...«

»Okay«, sagte Maria, und schlug mit den Handflächen auf die Tischplatte, während sie sich erhob. »Dann sehen wir uns heute Mittag hier wieder.«

***

Charlie Meister neigte den Kopf nach links und rechts. Seine Halswirbel, die unter einem Stiernacken verborgen lagen, knackten laut und hell. Er lächelte, als er seinen Computer ausstellte.

Das war ungewohnt für ihn, denn ein Lächeln kam ihm selten über die Lippen, seitdem er von seinem letzten Einsatz aus Nahost zurückgekehrt war. Seitdem er zusehen musste, wie seine Kameraden neben ihm von einer Sprengfalle zerfetzt wurden, sodass er nur noch erahnen konnte, welches herumliegende Körperteil zu wem gehörte. Nicht selten wachte er mitten in der Nacht schweißgebadet auf und schrie, dass sie nicht an der Kreuzung abbiegen sollen. Dass sie umkehren und nicht das Fahrzeug verlassen sollen, um das ISIS-Feuer zu erwidern, unter dem sie standen. Doch natürlich hörten sie ihn nicht. Sie waren tot. Alle. Oberfeldwebel Charlie Meister war der einzige seiner kleinen Einheit, der dem Hinterhalt lebendig entkommen war. Und fast jeden Tag fragte er sich, warum.

Das lag jetzt über fünf Jahre zurück. Ein Jahr nach dem Vorfall wurde er wegen des erlittenen psychischen Stresses endgültig aus dem aktiven Dienst genommen. Man stellte ihn vor die Wahl, ob er einen Sesselfurzer-Job – also eine Stelle im Innendienst – bekleiden, oder ob er mit gewissen finanziellen Abstrichen in den Vorruhestand entlassen werden wollte. Diese Scheißer, dachte er damals und auch heute sah er es keinen deut anders. Er war ein Krieger, ein Kämpfer. Und wenn sein Dienstherr ihn nicht mehr an die Front lassen wollte, würde er schon ein anderes Betätigungsfeld finden, war er sicher. Tatsächlich dauerte es nicht lange, bis sich seine Qualitäten in gewissen Kreisen herumgesprochen hatten. Zwar trieben ihn mittlerweile andere Motive an, vorrangig war es das Geld und nicht mehr der Stolz aufs Vaterland und der seiner Kameraden, doch solange er hin und wieder ein paar Knochen brechen und andere Menschen mit seinem gestählten Körper einschüchtern konnte, schlief er zufrieden ein, da er seine seelischen Schmerzen dadurch etwas lindern konnte – bis die Bilder von der Kreuzung ihn aus dem Schlaf rissen.

Charlie wusste nicht, woher Konrad Breitenfeld damals seine Nummer hatte. Es war ihm auch egal. Breitenfeld war nur einer seiner versnobten Auftraggeber, die zu fein dafür waren, sich selbst die Finger schmutzig zu machen. Isabell Springer war der dritte Auftrag in den letzten Jahren, den er von diesem Penner bekommen hatte. Und der Job stellte sich als der einfachste heraus, den er jemals ausführen sollte. Zu einfach. Er grenzte fast schon an eine Beleidigung seiner Fertigkeiten. Da war es doch nur folgerichtig, sagte er sich, dass er die Chance ergriff, noch etwas mehr Kohle herauszuholen, als die zwei Riesen von Breitenfeld, die jetzt im Schließfach liegen sollten. Daran, dass sich das Geld dort befand, zweifelte er nicht. Der Lackaffe würde es nicht wagen, ihm ans Bein zu pissen.

Er lächelte immer noch. Gerade hatte er sich die wilden Spekulationen über den Verbleib Isabell Springers in verschiedenen Foren durchgelesen. Es war verrückt, auf welche Ideen manche Menschen kamen, dachte er im Hinblick auf die teils hanebüchenen Fantasien, die manche preisgaben.

»Wenn ihr wüsstet«, sagte er und kicherte kurz. »Wenn ihr wüsstet ...«

***

»Der Seniorchef ist nicht im Haus«, sagte ihr die Rezeptionistin im Erdgeschoss.

»Kein Problem, ich bin auch mit dem Juniorchef zufrieden«, entgegnete Maria freundlich. »Oder mit jemand anderem, der hier etwas zu sagen hat.« Die Dame im Kostüm warf ihr über den Rand ihrer Brille einen Blick zu, den Maria nicht einsortieren konnte, und griff zum Telefon. Nach einem kurzen Wortwechsel legte sie auf und wandte sich wieder Maria zu.

»Herr Breitenfeld erwartet Sie in seinem Büro.« Die Frau deutete an ihr vorbei. »Sie können den Fahrstuhl nehmen oder die Treppe daneben. Fünfter Stock, am Ende des Ganges. Es ist nicht zu verfehlen.« Maria bedankte sich und verschwand im Treppenhaus. Leichtfüßig flog sie die Stufen hoch und erreichte die Etage, ohne dass man ihr eine Anstrengung hätte anmerken können. Sie folgte der Weisung der Rezeptionistin und fand sich sofort zurecht. Maria klopfte an eine Tür.

»Ja bitte?«, hörte sie eine angenehme Frauenstimme dahinter fragen. Maria trat ein und ihr erster Eindruck war, dass die Vorzimmerdame von Konrad Breitenfeld offensichtlich denselben Optiker hatte wie die Dame am Empfang.

»Hauptkommissarin Fortmann von der Kripo Aurich, man hat mich angemeldet.«

»Ja, natürlich«, sagte sie und lächelte, während sie um ihren Schreibtisch herumkam und Maria in das Büro ihres Chefs führte. »Herr Breitenfeld, Frau Fortmann ist da.« Sie trat zur Seite und ließ Maria vorbei. Im Gegensatz zu seiner Sekretärin hielt es der Juniorchef des Verlagshauses nicht für notwendig, bei der Begrüßung Marias aufzustehen, geschweige denn, ihr entgegenzukommen. Er blickte von seinem Sessel zu ihr hoch und winkte sie heran zu einem der Stühle auf der anderen Seite seines Schreibtisches.

»Guten Tag, Frau Fortmann«, sagte er, nachdem sie sich gesetzt hatte, und reichte ihr die Hand über den Tisch hinweg. »Was kann ich für Sie tun? Ich hoffe, dass ich keine unbezahlten Strafzettel habe.« Er zwinkerte ihr zu. »Falls doch, finden wir sicher eine Lösung.« Maria lächelte. Wie eigentlich immer, wenn sie zum ersten Mal einem Menschen begegnete. Von klein auf hatte sie die Erfahrung gemacht, dass man mit Freundlichkeit in den meisten zwischenmenschlichen Situationen am besten fuhr. Im Moment jedoch musste sie sich dazu zwingen. Sie hatte im Laufe ihrer Dienstzeit mit Mördern, Kinderschändern, Erpressern – kurz, mit Abschaum jeglicher Art zu tun gehabt, doch selten war ihr jemand vom ersten Moment an so unsympathisch wie Konrad Breitenfeld. Hätte man sie nach dem Grund gefragt, würde sie ihn wahrscheinlich nicht einmal genau definieren können.

»Es geht um Isabell Springer, beziehungsweise um ihr Verschwinden.« Sie glaubte, eine Veränderung in seiner Mimik erkannt zu haben, den Bruchteil einer Sekunde später sah er jedoch aus wie zuvor.

»Schlimm, sehr schlimm«, sagte er und sein Grinsen verschwand. »Ich habe es im Internet gelesen. Haben Sie schon etwas herausbekommen?«

»Wir ermitteln in alle Richtungen«, antwortete Maria. »Sie, beziehungsweise Ihr Verlag hatte gestern einen Termin mit Frau Springer, dem sie fernblieb. Waren Sie dabei?«

»Selbstverständlich war ich dabei, als sie uns versetzt hat. Es geht schließlich um einen großen Vertrag. Wenn ein solcher Geschäftsabschluss fixiert wird, sind alle unsere Entscheidungsträger anwesend. Aber warum fragen Sie? Frau Springer war doch nicht da.«

»Wir wollen uns ein Bild von ihr machen. Frau Springer hat ja bereits früher über Ihren Verlag veröffentlicht.« Breitenfeld nickte. »Warum hat sie die anderen Bücher nicht mehr von Ihnen verlegen lassen und das neue auf einmal doch wieder?«

»Das ist nicht ungewöhnlich, jedenfalls nicht in den letzten Jahren seit es dieses Selfpublishing gibt.« Er spuckte das Wort fast aus. »Seitdem ist die ganze Branche in Aufruhr, da diese Möchtegernautoren den ganzen Markt mit ihren schulaufsatzähnlichen Ergüssen überschwemmen. Zusätzlich bedienen sich immer mehr richtige Autoren dieses Wegs, weil sie denken, darüber mehr Geld verdienen zu können.«

»Ist das nicht so?«

»In Einzelfällen mag das tatsächlich funktionieren, doch glauben Sie mir, die meisten von denen kommen früher oder später reumütig zurück, nachdem sie festgestellt haben, wie viel Arbeit daran hängt und vor allem, wie sie ihren eigenen Ruf damit ruinieren.«

»Demnach ist Frau Springer eine dieser reumütigen Autorinnen?« Sie beobachtete, wie er krampfhaft um die richtigen Worte rang.

»Frau Springer ist etwas Besonderes. Wir sind sehr froh darüber, dass sie sich dazu entschieden hat, wieder mit uns zusammenzuarbeiten. Und ich hoffe, dass sie bald wieder auftauchen wird, damit wir den Vertrag für ihren zukünftigen Bestseller unter Dach und Fach bringen können.« Maria zog die Augenbrauen hoch.

»Das wissen Sie jetzt schon? Vor der Veröffentlichung?«

»Ja«, erwiderte er knapp, grinste schleimig und fügte hinzu: »Es gibt gewisse Stellschrauben, an denen man nur etwas drehen muss, Sie verstehen?«

»Nein, erklären Sie es mir.« Er hob beide Hände abwehrend nach vorn und lachte.

»Besser nicht, Frau Fortmann, ich kann doch keine Firmeninterna ausplaudern. Zumal die nichts mit dem Verschwinden von Frau Springer zu tun haben.« Maria musterte ihn, konnte aber überhaupt nicht einschätzen, was hinter der Stirn des Mannes vor sich ging.

»Sie scheinen nicht sonderlich beunruhigt über ihr Verschwinden zu sein oder gar zu befürchten, dass ihr etwas zugestoßen sein könnte. Ich dachte immer, dass es in Verlagen familiär zugehen würde.« Er trotzte ihrem herausfordernden Blick.

»Für Kleinverlage mag das gelten. Wir hingegen gehören zu den Big Five in Deutschland. Das ist knallhartes Business, bei dem jeder liefern muss. Verleger, Lektoren, Autoren.« Seine Stimme klang kühl. »Und Frau Springer hat bis jetzt nicht geliefert. Lassen Sie es mich so sagen: Sollte Isabell Springer verschwunden bleiben, haben wir zwanzig Schriftsteller in der Hinterhand, die nur zu gern ihren Platz in unserem Portfolio übernehmen würden.«

Falls er sich so auch gegenüber der Springer geäußert haben sollte, verstand sie, warum Isabell den Verlag damals verlassen hatte – jedoch nicht, warum sie dahin zurückkehren wollte. Maria ließ sich in der weiteren Unterhaltung mit Konrad Breitenfeld die genaue Zeit des Meetings bestätigen, in der sie auf Frau Springer gewartet hatten, und auch, dass Tom Feldmann währenddessen wohl mehrfach erfolglos versucht hatte, sie zu erreichen. Sie verabschiedete sich knapp und war überrascht, als im Treppenhaus auf einmal die Sekretärin Breitenfelds hinter ihr auftauchte.

»Frau Fortmann, könnte ich Sie sprechen? Vertraulich?« Das leichte Zittern in der Stimme der Frau ließ Maria hellhörig werden. Sie nickte. »Ich habe in einer Stunde Mittagspause.«

»Treffen wir uns in der Baguetterie um die Ecke?«

»Mir wäre es lieber etwas weiter weg, wenn es Ihnen nichts ausmacht. Das Diner am Park?« Maria überlegte einen Moment, womit sie die Zeit bis dahin sinnvoll nutzen konnte. Ihr fiel nichts dazu ein, doch egal, die Frau machte sie neugierig, daher sagte sie dem Treffen kurzerhand zu, worauf die Verlagsangestellte auf dem Absatz kehrtmachte und verschwand.

***

Konrad Breitenfeld atmete tief durch, nachdem die Kommissarin sein Büro verlassen und die Tür hinter sich geschlossen hatte. Warum um alles in der Welt war die hier aufgetaucht? Was kann sie sich von diesem Gespräch versprochen haben? Er schaute auf seine Hände. Sie zitterten. »Sie können dir gar nichts«, sagte er sich. »Es gibt nichts, absolut gar nichts, was dich mit dem Verschwinden der Frau in Verbindung bringt. Es sei denn –.« Er griff nach seinem Smartphone und fixierte das schwarze Display, als könne es ihm die Lösung seines Problems aufzeigen. »Es sei denn, sie kommen Charlie Meister auf die Schliche.«

Gleich heute Morgen, noch bevor er in die Firma gefahren war, hatte er den Umschlag mit Meisters Prämie in dessen Schließfach deponiert. Er schaute auf seine Uhr. Vielleicht hatte er es noch nicht abgeholt. Kurzentschlossen sprang er auf, griff nach seinem Jackett, das er sich beim Hinauslaufen überzog, und eilte über den Flur.

»Ich bin in zwei Stunden wieder zurück«, erklärte er seiner Sekretärin, die gerade aus dem Treppenhaus kam. Seit wann nahm sie die Treppe? Schaden kann es ihr ja nicht bei ihrem Übergewicht, aber na ja, egal. Er registrierte ihr Nicken am Rande, lief an ihr vorbei und erreichte wenige Minuten später seinen Wagen.

Am Bahnhof angekommen fand er einen Parkplatz, von dem aus er den Nebeneingang einsehen konnte, der direkt zu den Schränken mit den Schließfächern führte. Und besagtes Schließfach lag direkt in seiner Einblickschneise.

Sicher war er nicht, was er überhaupt unternehmen sollte, würde Meister hier auftauchen, aber irgendetwas müsste er einfach tun. Er lehnte sich nach rechts über den Beifahrersitz, öffnete das Handschuhfach und kramte eine Metallbox hervor, die er auf seine Oberschenkel legte. Allein der Anblick ließ seinen Blutdruck ansteigen. Breitenfeld zog an den beiden Laschen, die unter einem Ploppen nach oben schnellten, und hob den Deckel an. »Was für eine Scheiße hast du dir da nur eingebrockt?« Er nahm den Revolver aus der Box und hielt ihn mit beiden Händen fest. Die Trommel bekam er erst beim dritten Versuch auf und die Patronen in die Kammern zu stecken, erwies sich als noch schwieriger. Nachdem er ihn geladen hatte, legte er ihn schnell wieder zurück. Nicht, dass sich durch das Zittern aus Versehen ein Schuss lösen würde, dachte er und lachte nervös. Seine rechte Hand wanderte in die Innentasche des Jacketts und beförderte einen Flachmann hervor. Gierig nahm er einen Schluck daraus. Der Whiskey rann seinen Rachen hinunter. Eine wohlige Wärme breitete sich in seiner Speiseröhre und dem Magen aus. Sofort war das Frösteln wie weggeblasen und er hatte seine Hände so unter Kontrolle, dass er einen Präzisionsschuss hätte abgeben können. Doch lange würde diese trügerische Ruhe nicht anhalten. Er nahm einen weiteren Schluck. Dann fiel sein Blick auf den Nebeneingang, aus dem ein athletischer Mann hinaustrat und fast in seine Richtung ging. Sofort sprang Breitenfelds Puls nach oben und Schweißperlen traten auf seine Stirn. Zwar hatte er sich bereits ausgemalt, dass der Ex-Soldat eher kantig sein würde, ihn jetzt aber in voller Größe zu sehen, ließ seinen schwindenden Optimismus, ungeschoren aus dieser Sache herauszukommen, noch mehr sinken.

Meister schien sich unbeobachtet zu fühlen, meinte Breitenfeld, jedenfalls sah er sich nicht auffällig um, sondern überquerte mit dem blau-weißen Kuvert, das halb aus seiner Jackentasche ragte und an dem er ihn überhaupt erkannte, die Straße und kam immer näher. Breitenfelds Puls schlug hart an seine Gefäßwände.

Klar, er wird seinen Wagen ebenfalls auf diesem Parkplatz stehen haben. Er bewegte sich auf die Wagenreihe vor Breitenfeld zu und nachdem er ihm den Rücken zugewandt hatte, stieg dieser aus und lief auf ihn zu. Er warf einen flüchtigen Blick über den Parkplatz, doch außer ihnen beiden schien niemand hier zu sein. Das war gut. Hoffentlich würde er keinen Herzinfarkt bekommen vor Aufregung und Angst.

»Charlie Meister?« Der grobschlächtige Kerl vor ihm blieb abrupt stehen und drehte sich wie in Zeitlupe zu ihm um. Sie trennten etwa drei Meter und

Konrad Breitenfeld hielt die Idee, sich mit dem Mann zu treffen, jetzt für ausgesprochen bescheuert.

»Sind Sie nicht ganz dicht, Breitenfeld?«, herrschte er ihn an. Unvermittelt machte der Veteran einen großen Schritt auf ihn zu und im nächsten Moment spürte er einen stechenden Schmerz, als hätte ihm jemand einen Vorschlaghammer auf den Kopf geschlagen. Dieser eine Faustschlag Meisters ließ erahnen, wozu dieser Berg von einem Mann fähig war. Reflexartig griff Breitenfeld in seine Jackentasche.

***

Eleonore Zeisner, wie sich die Sekretärin Breitenfelds vorstellte, nippte an ihrem Cappuccino, während ihr Blick nervös durch den Gästeraum des Diners huschte. Sie hatten sich einen Tisch in der hintersten Ecke des Lokals gesucht, sodass sie nicht von jemandem gesehen werden konnten, der am Geschäft vorbeischlenderte oder sich nur eben einen Kaffee an der Kasse bestellte.

Interessiert musterte Maria die Frau ihr gegenüber. Auf den ersten Blick hätte sie ihr Alter auf jenseits der fünfzig geschätzt, doch bei genauem Hinsehen stellte sie fest, dass Eleonore wesentlich jünger sein musste. Beruflicher Stress und Kummer, den sie hinter den schwarz umrandeten Augen vermutete, hatten sie offensichtlich optisch schneller altern lassen.

»Okay, Frau Zeisner, Sie haben mich neugierig gemacht. Was haben Sie mir zu sagen?« Nach einem abschließenden Blick zur Eingangstür nahm die Sekretärin einen Schluck Kaffee und atmete anschließend tief durch.

»Ich hoffe, dass mich das hier nicht in Teufels Küche bringt«, begann sie mit leiser Stimme. »Aber ich muss das einfach loswerden. Obwohl ich nicht sicher bin, ob Sie die richtige Ansprechpartnerin dafür sind.« Maria nickte verständnisvoll und berührte kurz die Hand der Frau.

»Ich habe Ihnen versprochen, dass ich dieses Gespräch vertraulich behandle. Und daran werde ich mich halten – sofern ich es rechtlich verantworten kann.«

»Danke, Frau Fortmann.« Erneut seufzte sie. »Ich habe Ihr Gespräch mit Herrn Breitenfeld unbeabsichtigt mitbekommen. Er vergisst häufig, die Gegensprechanlage auszustellen, wissen Sie? So kann ich manchmal an meinem Schreibtisch mithören, was in seinem Büro gesprochen wird. In der Regel weise ich ihn darauf hin, doch vorhin war ich zugegeben neugierig. Schließlich ist das Verschwinden von Isabell Springer ja ein heißes Thema und ich dachte mir, dass Sie deswegen mit ihm sprechen wollten.« Maria hing gebannt an den Lippen ihres Gegenübers. Hoffentlich kam etwas Brauchbares heraus, was sie sich angesichts der Geheimniskrämerei der Sekretärin durchaus vorstellen konnte. Und die Frau hatte völlig recht: Mittlerweile berichteten die regionalen Sender davon und spätestens morgen würde es die Schlagzeilen sämtlicher Tageszeitungen dominieren. Was einerseits zu vielen neuen Hinweisen führen, andererseits den Druck auf ihre Ermittlungen deutlich erhöhen würde.

»Okay, Sie haben meine volle Aufmerksamkeit.«

»Zuerst müssen Sie wissen, dass mein Chef kein großer Freund der Autorin ist. Er war von Anfang an gegen eine erneute Zusammenarbeit mit ihr, wurde jedoch von seinem Vater überstimmt.«

»Welche Vorbehalte hat er gegen die Springer?«

»Nun, das rührt noch von ihrer ersten Zusammenarbeit her. Vielleicht wissen Sie, dass Frau Springer ihren ersten Bestseller über unser Haus veröffentlicht hat.« Maria nickte, davon hatte sie Sebastian ja bereits in Kenntnis gesetzt. »Sie wissen möglicherweise auch, dass eine Verfilmung dieses Buches gescheitert und danach die Zusammenarbeit mit ihr beendet worden ist.«

»Ja, weil man sich mit der Produktionsfirma nicht einigen konnte.«

»Das ist die offizielle Version.« Eleonore lachte kurz auf. »Die Wahrheit hingegen kennen nur eine Handvoll Leute.« Maria streckte ihren Rücken durch und neigte sich nach vorn.

»Jetzt haben Sie mich aber so richtig am Wickel. Erzählen Sie weiter.«

»Nun, es steht außer Frage, dass Isabell Springer ein großes Talent hat, mit Worten zu spielen. Nicht umsonst wurde sie in jungen Jahren mehrfach ausgezeichnet. Leider fehlt ihr im selben Maße, wie sie gesegnet ist, Geschichten geschickt und kunstvoll zu formulieren, die Fantasie, diese erstmal aufs Papier zu bringen.«

»Ich verstehe nicht.«

»Das werden Sie gleich. Die Springer hat sich für ihren Bestsellertitel bei einer anderen, bis dahin weitgehend unbekannten Autorin bedient und deren Geschichte inhaltlich übernommen.«

»Sie meinen, der Bestseller von ihr war ein Plagiat?«

»Nein, das nicht. Da sie, wie gesagt, sprachlich herausragend ist, erzählte sie den Roman in eigenen Worten nach, mit veränderten Namen und Locations. Es ging also nicht um ein Plagiat, sondern um das Urheberrecht. Das ist rechtlich eine Grauzone und im Endeffekt kann nur ein Gericht entscheiden, ob es sich dabei um eine Doppelschöpfung handelt oder ob abgekupfert wurde.«

»Doppelschöpfung?«

»Ich bin keine Juristin, aber in einfachen Worten bezeichnet man damit, wenn gleichzeitig aber unabhängig voneinander die gleiche Idee umgesetzt wurde.«

»Dieser Fall kam aber nicht vor Gericht, oder? Sonst hätten wir darüber etwas gefunden.«

»Nein, das wurde geräuschlos hinter den Kulissen geregelt. Man entschädigte die betroffene Autorin mit einer Einmalzahlung und sicherte ihr obendrein noch einen Verlagsvertrag für weitere Bücher von ihr zu. Im Gegenzug musste sie das Werk vom Markt nehmen, das von Frau Springer abgeschrieben worden war. Sie hat immer noch einen festen Platz in unserem Programm. Finanziell hat es sich jedenfalls für sie gelohnt. Isabell Springer hingegen wurde der Vertrag gekündigt, obwohl Breitenfeld Senior ihr gegenüber immer wohlwollend geblieben ist.« Sie zuckte mit den Schultern. »Deswegen hat er ihr auch den neuen Vertrag angeboten, nachdem etwas Gras über die Sache gewachsen war und außer ein paar Rezensionen niemand einen Verdacht ihr gegenüber zu hegen schien.« Maria holte tief Luft und ließ sie zischend entweichen. Das war wirklich interessant, wobei ihr noch die Verbindung zum aktuellen Fall fehlte. Aber Eleonore Zeisner war offensichtlich auch noch nicht fertig.

»Das ist ja ein Ding. Und Breitenfeld Junior wusste ebenfalls Bescheid? Wer noch?«

»Ja, die beiden Breitenfelds, die Sekretärin vom Senior, ich, unser Hausanwalt und natürlich die beiden Autorinnen. Und die Frau, die überhaupt erst die Ähnlichkeit zwischen den beiden Büchern entdeckt hatte. Sie hatte ihren Verdacht damals per E-Mail an uns geschickt, weil sie vermutete, dass unser Verlag und die Springer in diesem Fall die Geschädigten wären. Man hat auch ihr ein Schweigegeld bezahlt.«

»Es scheint, als gab es bei dieser Nummer nur Gewinner.«

»Wenn man davon absieht, dass die Springer fast ihre kompletten Tantiemen zurückzahlen musste, ja. Ich bezweifle, dass sie mit ihren selbstveröffentlichten Büchern so viel verdient hat, um ihren anfangs luxuriösen Lebensstil beibehalten zu können. Das ist mit Sicherheit der Grund dafür, dass sie den neuen Anlauf bei uns unternommen hat.« Das erscheint schlüssig, dachte Maria in Hinblick auf die Aussage von Springers Bankberater, wonach sie finanziell alles andere als auf Rosen gebettet wäre.

»Und Konrad Breitenfeld nahm es ihr immer noch übel und wollte deswegen keinen neuen Kontrakt mit ihr?« Das machte ihn im Augenblick eine Nuance weniger unsympathisch, da er trotz seines schleimigen und aalglatten Auftretens zumindest ein Gespür für Gerechtigkeit zu haben schien.

»Das und die Befürchtung, dass es wieder passieren könnte. Nicht auszudenken, welchen Imageschaden der Verlag davontragen würde, zumal mit hoher Wahrscheinlichkeit der alte Fall dann irgendwie ans Tageslicht kommen würde. Aber wie gesagt, der Alte hat ihn einfach überstimmt, daher musste er gute Miene zum bösen Spiel machen.«

»Das ist alles wirklich spannend und sehr interessant, nur –.«

»Wissen Sie nicht, warum ich Ihnen das alles erzähle«, unterbrach Eleonore die Kommissarin und zum ersten Mal huschte ein kleines Lächeln über ihre Lippen. »Das klärt sich sofort.« Sie verschränkte die Finger ineinander wie bei einem Gebet. »Nachdem der alte Breitenfeld das Meeting gestern beendet hatte, weil die Springer nicht zum Termin erschienen war, hörte ich zufällig ein Telefonat von Konrad Breitenfeld mit. Zwar weiß ich nicht mehr den genauen Wortlaut und auch nicht, mit wem er gesprochen hat, aber er sagte etwas wie: Gut gemacht, der Feldmann ist gerade weggefahren.« Maria sah Eleonore an. War es das etwa?

»Und weiter?«, fragte sie, befürchtete jedoch, die Antwort zu kennen.

»Nichts weiter.«

»Das ist alles? Ich meine, das kann alles Mögliche bedeutet haben. Wie kommen Sie darauf, dass uns das weiterhelfen könnte?«

»Ich wollte das nur loswerden, weil mein Gefühl sagt, dass da etwas nicht stimmt.«

»Haben Sie Herrn Breitenfeld darauf angesprochen? Weiß er, dass Sie es mitgehört haben?«

»Nein.«

»Gab es schon mal Gespräche dieser Art?« Eleonore schüttelte den Kopf, schaute auf ihre Armbanduhr und stand unvermittelt auf.

»Ich muss jetzt auch los. Tut mir leid, wenn ich Ihre Zeit umsonst in Anspruch genommen habe.« Sie drehte sich um und tippelte auf ihren Pumps davon. Auf dem Weg zum Ausgang legte sie einen Geldschein auf den Tresen und wenige Sekunden später hatte sie das Lokal verlassen. Maria schaute ihr nachdenklich hinterher. Einerseits war das Gespräch im Hinblick auf das Geschäftsgebaren des Verlags sehr informativ, was ihren Fall hingegen betraf, wusste sie die Aussage Zeisners nicht einzuordnen. Gut gemacht, der Feldmann ist gerade weggefahren. Klar, wenn Breitenfeld die Entführung in Auftrag gegeben hatte, würde das absolut Sinn ergeben, aber welchen Grund sollte er dafür gehabt haben? Nur, um den Verlag vor einem möglichen Schaden zu bewahren? Da gab es weniger kriminelle Möglichkeiten, den Abschluss zu sabotieren. Na ja, dachte sie sich, ich werde es im Hinterkopf behalten.

Kapitel 8

Die von Maria befürchtete Eigendynamik war ein-
getreten. Bereits am Nachmittag berichteten die ersten
TV-Sender über das geheimnisvolle Verschwinden der
Bestsellerautorin. Da sie mit der Auskunft der Polizei
jedoch nicht zufrieden schienen, bedienten sich einige
Journalisten – denen Maria in diesem Fall ihre
Professionalität absprach – diverser Theorien, die im
Internet, vornehmlich auf der Fanseite Springers, von
ihren Anhängern und anderen, sich berufen fühlenden
Usern, ins Netz gestellt worden waren.

Fast im Minutentakt klingelte darauf die Hotline,
und wenn sie allen Glauben schenken wollten, hätte
Isabell Springer neben schriftstellerischen auch magi-
sche Fähigkeiten haben müssen, da sie gleichzeitig von
verschiedenen Personen an unterschiedlichen Orten
gesehen worden sein wollte.

Damit sie trotz des Ansturms seriös weiterarbeiten
konnten, hatte das Team um Maria die Bearbeitung
der Anrufe delegiert.

»Auch wenn die Vermutung dieser Sekretärin etwas
weit hergeholt zu sein scheint, passt es grundsätzlich
doch zu dem, was ich in Springers Laptop finden
konnte.«

»Das heißt?«, wollte Maria wissen.

»Zum einen weisen ihre Bankbewegungen klar
darauf hin, dass sie weit über ihre Verhältnisse lebt,

und dann habe ich in ihrem Email-Fach eine interessante Konversation gefunden.«

»Mach es nicht so spannend«, wetterte Goselüschen. »Worum geht es da?« Sebastian reichte den beiden jeweils eine Kopie und fasste zusammen, was darauf stand.

»Wie es aussieht, hat eine Vorableserin des Manuskripts, welches sie Breitenfeld angeboten hat, den Verlag darauf aufmerksam gemacht, dass ihr die Geschichte sehr bekannt vorkommen würde.«

»Was Springer in ihrer ersten Antwort deutlich von sich gewiesen hat«, entgegnete Maria, nachdem sie die Hälfte des Blattes überflogen hatte.

»Und die Leserin hat die Erklärung dafür ja für ausreichend befunden, glaubt man ihrer Antwort darauf.«

»Ich habe auch nicht gesagt, dass ich handfeste Beweise für irgendetwas gefunden habe«, verteidigte sich Sebastian. »Nur, dass es zu der Befürchtung Breitenfeld Juniors passt.«

»Das stimmt schon«, sagte Maria nachdenklich. »Aber das haben die beiden ja offensichtlich geklärt. Warum also sollte Konrad Breitenfeld davon wissen?« Sebastian zuckte mit den Schultern.

»Keine Ahnung. Ich wollte es euch trotzdem sagen.« Er griff nach einem auf dem Tisch liegenden Ordner und zog weitere Zettel hervor, die er weitergab. »Das hier stimmt euch wahrscheinlich wieder milder.« Er wartete, bis sich Goselüschen und Maria ein Bild gemacht hatten, bevor er ergänzte: »Die Mails hatte sie gelöscht, es war nicht ganz so einfach, da ranzukommen, und ich kann nicht ausschließen, dass einige bereits komplett vom Gerät entfernt waren. Ich bin noch dran, mich in ihre Cloud zu hacken, aber das ist nicht so ohne, vor allem ohne Beschluss.«

Goselüschen hob die Augenbrauen und stieß einen anerkennenden Pfiff aus.

»Warum hast du uns das nicht als Erstes gezeigt?«

»Ich dachte mir, dass ich in diesem Fall die Dramaturgie beachten sollte. Schließlich haben wir es mit Literatur zu tun.« Er kicherte kurz. »Nein, im Ernst: Ich habe die Ausdrucke erst vor zehn Minuten gemacht.«

Sie hielten etwa zwanzig gelöschte Nachrichten in ihren Händen, die von unterschiedlichen Adressen an Isabell geschickt worden waren. Die Wortwahl und das Satzmuster ließen jedoch auf ein und denselben Verfasser schließen. Jede der nur ein paar Zeilen umfassenden Nachrichten war mit dem Großbuchstaben H unterzeichnet. Waren es anfangs blumige Liebesschwüre und herzerweichende Komplimente, die der Schriftstellerin gemacht worden waren, wurde der Ton von Brief zu Brief weniger herzlich und der Inhalt ging über in Vorwürfe und endete schließlich in einer handfesten Drohung. »Du weißt doch selbst am besten, wie das für dich enden wird, solltest du dich weiterhin nicht deinen Gefühlen zu mir bekennen«, war im letzten zu lesen, der gerade mal ein paar Tage alt war.

»H wie Harald Schwarzer.«

»Sehr gut möglich. Die Mails wurden von verschiedenen Internetcafés aus abgeschickt, wobei sich der Absender jedes Mal eine neue Emailadresse eingerichtet hat.«

»Sehr clever.«

»Nicht clever genug, Gose. Ich habe vorhin eines davon erreicht und sie gebeten, mir die Bilder ihrer Überwachungskamera zu schicken.«

»Woher wissen die, von welchem PC aus die Mail verschickt wurde?« Sebastian sah mit einer Mischung aus Verwunderung und Verständnis auf den einen Kopf kleineren Goselüschen hinab.

»Glaub mir, sie wissen es. Und noch viel mehr.«

»Verdammter Überwachungsstaat, sag ich nur. Früher war alles besser.« Goselüschen schnaubte, dann lächelte er. »Zehn Euro darauf, dass es Harald Schwarzer war.«

»Keine Chance«, wehrte Sebastian lachend ab. »Einerseits hab ich keine Kohle übrig, andererseits ist das auch mein Tipp.«

»Damit wären wir zu dritt.« Maria blickte zu Goselüschen. »Wir sollten zusehen, dass wir ihn zu packen kriegen. Auf das Video kann Basti allein warten.«

***

Eleonore Zeisner musste bereits den dritten Anrufer vertrösten, da Konrad Breitenfeld noch nicht von seinem Termin ins Büro zurückgekehrt war. Um was für einen Termin auch immer es sich dabei handelte, sie hatte ihn nicht für ihn vereinbart und auch nicht für ihn notiert. Zweimal hatte sie versucht, ihn zu erreichen, zweimal meldete sich seine Mailbox. Gerade griff sie zum Hörer, um einen weiteren Versuch zu unternehmen, da öffnete sich die Tür.

»Oh mein Gott, was ist denn mit Ihnen passiert?« Ohne ihr eine Antwort zu geben, stürmte er wortlos an ihr vorbei in sein Büro und knallte die Tür hinter sich zu. Langsam ließ sie ihre Hand wieder sinken, die sie sich vor Schreck vor den Mund gehalten hatte, als sie die Blutflecken auf seinem Hemd und die Schwellung sah, die sich über eine Gesichtshälfte erstreckte. Sie stand auf, näherte sich der Tür, drückte ein Ohr daran und hörte ihn leise stöhnen. Eleonore zermarterte sich das Gehirn darüber, was ihm passiert sein könnte. Ein Unfall oder ein Sturz? War er überfallen worden? Sie fand keine befriedigende Erklärung, daher nahm sie ihren Mut zusammen, klopfte an und betrat das Büro. Konrad Breitenfeld kauerte hinter seinem Schreibtisch und vergrub das Gesicht in seinen Händen. Offensichtlich hatte er sie nicht reinkommen hören.

»Kann ich etwas für Sie tun, Herr Breitenfeld?«, fragte sie zaghaft. Keine Reaktion. Sie räusperte sich und wiederholte ihre Frage. Langsam schaute er hoch, Tränen liefen über seine Wangen. So hatte sie ihn noch nie gesehen. Er wirkte völlig verstört. »Soll ich Ihnen einen Arzt rufen? Sie sehen fürchterlich aus.« Er schüttelte den Kopf.

»Nein danke, Eleonore. Sagen Sie bitte meine Termine für heute ab und dann machen Sie Feierabend.«

»Sind Sie sicher?«, hakte sie nach. Er schlug mit der flachen Hand auf den Tisch, sodass sie zusammenzuckte.

»Ja, verdammt! Gehen Sie einfach«, sagte er laut, ohne zu schreien. Sie schluckte und ging langsam rückwärts hinaus.

»Wie Sie wünschen.«

Der Eisbeutel, mit dem sich Konrad Breitenfeld seit einiger Zeit das Gesicht kühlte, hatte geholfen. Er spürte nur noch ein leichtes Puckern und der Kopfschmerz war dank mehrerer Paracetamol langsam erträglich. Er nahm eine Dusche im Bad, das an seinem Büro angeschlossen war, und zog sich frische Klamotten an. Seine schmutzige und blutbesudelte Kleidung steckte er in eine Plastiktüte und warf sie in den Mülleimer.

Beim Blick in den Spiegel erschrak er, denn trotz der belebenden Wirkung des kalten Wasserstrahls der Brause sah er immer noch aus wie ein Boxer nach der zwölften Runde, und nicht unbedingt wie der Gewinner dieses Fights. Er musste raus hier, schnell.

Erleichtert stellte er fest, dass Eleonore Zeisner seiner Weisung gefolgt war und ihren Arbeitsplatz verlassen hatte. Wie unter Einsatz einer Richtschnur lagen alle Arbeitsmittel akkurat auf dem Schreibtisch angeordnet. Sonst verschob er gern mal einen Ordner um wenige Zentimeter oder drehte ihren Kugelschreiber so, dass er nicht mit den anderen Stiften in eine

Richtung zeigte. Er wusste, dass sie das auf den Tod nicht ausstehen konnte, sich bisher deshalb aber nie beschwert hatte. Doch jetzt war ihm nicht danach, seine Sekretärin zu ärgern, und auch nicht, auf dem Weg zu seinem Wagen einem Mitarbeiter in die Arme zu laufen, der ihm einen Smalltalk aufzwingen würde. Und vor allem war ihm nicht danach, seinem Vater zu begegnen. So warf er einen vorsichtigen Blick in den Flur und als er sicher war, dass er ungesehen zum Treppenhaus gelangen konnte, lief er los. Er rannte mehrere Stufen auf einmal nehmend binnen kürzester Zeit ins Untergeschoss. Quietschend schob er die Brandschutztür zur Tiefgarage auf und nahm den direkten Weg zu seinem Wagen. Als er auf dem Fahrersitz saß und tief durchatmete, um sich zu beruhigen, spürte er die Kopfschmerzen wieder verstärkt. Schnell warf er eine weitere Tablette ein und startete den Motor.

***

Ebenso wie von Isabell Springer fehlte auch von Harald Schwarzer jede Spur. Auf dem Weg zur Wohnung des Mannes bestätigte Sebastian telefonisch, dass es sich bei dem Mann auf dem Überwachungsvideo eindeutig um Schwarzer handelte.

»Alles klar«, sagte Goselüschen, der unruhig auf dem Beifahrersitz herumrutschte. »Gib eine Fahndung nach ihm raus.«

»Wird erledigt«, hörten sie ihn über den Lautsprecher sagen. Darauf folgte ein Knistern und die Verbindung war beendet.

»Was meinst du, wie das ausgehen wird, Gose?«

»Ehrlich gesagt habe ich dazu im Moment überhaupt keine Meinung.« Er schaute aus dem Fenster und lächelte einem Jungen zu, der ihm aus einem vorbeifahrenden Auto zuwinkte, worauf dieser ihm die Zunge herausstreckte. »Du kleiner Scheißer«, sagte er lachend.

»Bitte?«

»Nicht du«, erklärte er. »Da vorn ist es.« Er deutete auf das Haus, in dem er gestern bereits vergeblich nach dem Stalker gesucht hatte.

Sie hatten kein Glück, Schwarzer war nicht zu Hause und die Nachbarn hatten ihn seit gestern nicht mehr gesehen.

Auf der Rückfahrt zur Dienststelle berichtete der eingestellte Radiosender nach den überregionalen Nachrichten über einen Hausbrand in Küstennähe, dem die Feuerwehr nur mit großen Mühen Herr werden konnte, da es für die Einsatzfahrzeuge nicht leicht zugänglich war.

»Immer diese kleinen Feuerteufel«, seufzte Goselüschen. »Warum suchen die sich nicht einfach ein Hobby?«

»Hat bestimmt einer von der Feuerwehr gelegt, dem langweilig war«, erwiderte Maria zwinkernd. Wobei statistisch gesehen tatsächlich kriminelle Pyromanen häufig selbst im Brandschutz aktiv waren. »Zum Glück haben wir damit nichts zu tun.«

»Ja, ist immer so rußig, da doch lieber ein paar Blutpfützen auf dem Fußboden, da stinken die Klamotten auch nicht so sehr danach.«

Nach dem anschließenden Wetterbericht, der den beiden ebenfalls nicht sonderlich zusagte – sie müssten sich in den nächsten Tagen auf Schauer und böigen Wind einstellen – wechselte Maria zu einem Musiksender, auf dem gerade der Livemitschnitt eines *Grönemeyer*-Konzerts lief. Sie schaute Goselüschen an, der bestätigend nickte und bereits mit dem Fuß im Takt des Songs wippte.

Ein erneuter Anruf Sebastians unterbrach den Sänger mitten im Refrain. Maria fragte:

»Was gibt´s, Basti?«

»Wir haben den nächsten Treffer. Ich habe sämtliche Bootsverleihe der Region abtelefoniert. Tatsächlich wurde gestern in Norden eines wie das beschriebene von einem Harald Schwarzer reserviert und wohl auch abgeholt und am späten Abend zurückgebracht.«

»Hast du die Spurensicherung schon hingeschickt?«

»Ja, aber da werden wir wohl Pech haben. Laut dem Betreiber, mit dem ich gesprochen habe, werden früh morgens alle am Vortag vermieteten Boote von vorne bis hinten mit einem Hochdruckreiniger abgespritzt und hinterher einmal drübergewischt.«

»Dann werden sie wohl nichts finden, aber sie sollen trotzdem ran. Vielleicht war der Reinigungsservice nicht so gründlich, wie der Chef behauptet.«

»Das könnte sein, Maria. Ich habe dem Mann auch gesagt, dass niemand das Boot betreten darf, bis unsere Kollegen vor Ort sind.«

»Okay, wir sind auch gleich wieder im Büro«, verriet Maria und beendete das Gespräch.

»So langsam nimmt die Sache Konturen an. Hoffentlich finden wir den Kerl, bevor es zu spät ist.«

»Falls es das nicht schon ist«, merkte Goselüschen an.

»Positiv denken, Gose, positiv denken.«

***

Am frühen Abend fand sich Konrad Breitenfeld am Tresen einer Eckgaststätte wieder, die er vorher noch nie besucht hatte. Die Rauchschwaden hingen tief unter der Decke, aus den Lautsprechern erklang Schlagermusik aus den 1980ern und die wenigen anderen Gäste würdigten ihn keines Blickes. So, wie er es sich vorgestellt hatte, als er sich für diesen Laden entschieden hatte. Er wollte allein sein – und unerkannt.

»Nochmal das Gleiche«, sagte er und deutete auf die beiden Gläser, die vor ihm standen. Wortlos griff der Barkeeper nach dem Bierglas, stellte ihm ein volles hin und füllte das Schluckglas mit klarem Schnaps auf. »Danke«, sagte Breitenfeld und kippte sich den Kurzen hinter die Binde. Er schüttelte sich und trank die Hälfte des Bieres hinterher.

Zwei Stunden und etliche Gedecke später ließ er sich ein Taxi rufen und sich nach Hause bringen.

Kapitel 9

Er meinte, das Boot wäre wie geleckt gewesen, gab Goselüschen die Aussage des Teamleiters der Spurensicherung wieder.

»Wie zu befürchten war«, sagte Sebastian ernüchtert. Es klopfte einmal an der Tür, die sich direkt im Anschluss öffnete. Karl-Heinz Waldner steckte seinen Kopf hinein.

»Habt ihr von dem Brand heute Nacht gehört, Kollegen?« Sebastian zuckte mit den Schultern und auch auf Goselüschens Gesicht entstand ein unsichtbares Fragezeichen. Nur Maria stutzte.

»Da kam was im Radio. Ein Wohnhaus in Küstennähe, hieß es.«

»Ah, jetzt fällt es mir auch ein«, sagte Goselüschen.

»Küstennähe ja, Wohnhaus nein. Es war ein Gebäude, das früher als Räucherei und Bäckerei genutzt wurde. Gerade kam die Meldung der Feuerwehr dazu rein, dass ein verkohlter Leichnam in den Trümmern gefunden wurde.«

»Was hat das mit uns zu tun?«, wollte Goselüschen wissen.

»Na, ihr vermisst doch schließlich jemanden, oder?«

»Schon, aber –.«

»Warte mal«, unterbrach ihn Sebastian und kniff die Augen zusammen. »Die Meldung hab ich auch gehört.

Sagten die im Radio nicht, dass es für die Feuerwehr nur schwer zugänglich gewesen ist?«

»Ja«, bestätigte Waldner und Maria nickte. »Nun denn, ihr macht das schon. Ich bin drüben, falls ihr mich braucht.«

»Okay, danke«, sagte Maria, wandte ihren Blick jedoch zu Sebastian, dessen Finger nur so über die Tastatur flitzten. Einige Sekunden später drehte er den Monitor zu den beiden.

»Ha, ich wusste es!« Triumphierend zeigte er ihnen einen herangezoomten Ausschnitt von Google Maps, in dessen Zentrum ein größeres Gebäude und ein kleineres daneben zu sehen war.

»Ist es das?«, wollte Maria wissen.

»Ja, das ist es. Und, fällt euch etwas auf?«

»Meinst du den Fleck auf dem Bildschirm da in der Ecke?«

»Haha, sehr witzig Gose.« Sebastian verdrehte die Augen, wischte ihn jedoch trotzdem mit etwas Spucke auf einem Taschentuch weg.

»Du meinst den Kanal, der daran vorbeiführt, richtig?« Er strahlte Maria an.

»Ganz genau.« Er deutete auf eine schmale Straße, die von den Gebäuden weg durch eine landwirtschaftliche Fläche führte. »Hier seht ihr den Zufahrtsweg.« Er zoomte noch größer, worauf das Bild etwas verschwamm, man jedoch trotzdem Hindernisse darauf erkennen konnte, die nach umgefallenen Bäumen aussahen. Auf diese Hindernisse tippte er. »Und das ist wohl der Grund, warum die Feuerwehr so schlecht rangekommen ist. Aber viel interessanter ist doch der Kanal.«

»Über den man dort hervorragend mit dem Boot hingelangen kann«, folgerte Maria.

»Eben.«

»So weit, so gut, aber warum bist du so aus dem Häuschen?« Neben Goselüschen war auch Maria aufgefallen, dass Sebastian sich seltsam benahm. Völlig aufgekratzt, als hätte er gerade in einer Wanne voller Aufputschmittel gebadet.

»Setzt euch.«

»Ich sitze bereits«, erwiderte Goselüschen leicht genervt.

»Jahaa, das war nur so dahingesagt.« Er grinste wie das sprichwörtliche Honigkuchenpferd. »Trotzdem, setz du dich bitte auch, Maria.« Die Kommissarin schaute fragend zu Goselüschen, zuckte mit den Schultern und zog sich einen Hocker ran.

»Hast du dein Ritalin nicht dabei?« Der IT-Experte ignorierte die Spitze seines Kollegen.

»Gut, wir sitzen. Dann schieß mal los.« Sebastian sprang auf und ging vor den beiden hin und her, als würde er nachdenken müssen.

»Mir ist klar, dass sich das, was ich euch jetzt erzähle, ein wenig durchgeknallt anhört«, begann er.

»Das wäre nichts Neues.«

»Danke, Gose, ich mag dich auch.« Er blieb stehen und atmete tief ein und aus. »Ich weiß, was mit Isabell Springer passiert ist.«

»Sollen wir dir alles aus der Nase ziehen?«

»Okay, passt auf: Ihr wisst ja, dass die Springer am Anfang ihrer Karriere Thriller geschrieben hat und auch, dass ich sie gelesen habe.«

»Ja und? Willst du uns jetzt deine Rezension dazu vortragen? Schreib die lieber auf Amazon oder Thalia.«

»Nein, Gose, viel besser.« Er räusperte sich. »Wie gesagt, es hört sich etwas durchgeknallt an.«

»Boah, komm endlich zur Sache.«

»Dann unterbrich mich doch nicht ständig.« Er senkte seine Stimme. »Ihr erstes Buch handelt von einer Schriftstellerin, die von ihrem Stalker entführt und schließlich umgebracht wurde, nachdem er sie durch Folter dazu bringen wollte, ihn ebenfalls zu lieben.«

Schweigen. Nur das leise Surren der Computer störte die absolute Stille. Maria und Goselüschen schauten sich an.

»Dein Ernst?«, fragte Maria.

»Ja, ich habe es vorhin noch einmal auf meinem Reader überflogen, bis mir das meiste wieder eingefallen ist. Ist ein paar Jahre her, dass ich es gelesen habe, daher war meine Erinnerung daran etwas verschleiert.«

»Ist das jetzt nicht ein bisschen sehr weit hergeholt?«

»Das dachte ich bis vor wenigen Minuten auch noch, Gose. Bis Kalle mit der Meldung der verbrannten Leiche um die Ecke kam. In ihrem Buch verbrennt der Täter sie nämlich auch, nachdem er sie verstümmelt hat. Allerdings nicht in einer Aalräucherei, sondern in einem Krematorium.«

»Das wäre ja abgefahren, wenn da etwas dran sein sollte.« Maria blähte ihre Wangen auf und ließ die Luft geräuschvoll entweichen.

»Das ist noch nicht alles. In ihrem Buch bekommt die Protagonistin ebenfalls Blumen von einem Stalker geschickt und auch die Entwicklung der Briefe in der Story ist ähnlich der in den sichergestellten Emails. Allerdings kamen die im Buch klassisch per Post und die Prota lebte nicht an der Küste, sondern in einer Kleinstadt.«

»Du meinst also, dass unser Stalker Springers erstes Buch quasi als Drehbuch hergenommen hat, um seine eigene kranke Fantasie umzusetzen?«

»Ich meine es nicht, Maria, ich zeige euch lediglich die Parallelen auf.«

»Hm, wir können auf jeden Fall davon ausgehen, dass Harald Schwarzer als ihr Fan dieses Buch kennt.« Goselüschen kratzte sich am Kinn. »Und wenn er es war, hat er damit gerechnet, dass Isabell Springer sich fügen würde. Schließlich wusste sie, was andernfalls auf sie zukäme.« Er schüttelte abwesend den Kopf. »Das ist krank, echt krank.«

»Wie geht das Buch aus?«

»Das sag ich lieber nicht«, druckste Sebastian auf Marias Frage hin herum.

»Muss ich es etwa selbst lesen?«

»Am Ende wird der Täter gestellt und von einem der Ermittler erschossen.«

»Okay, warum bist du dann so zögerlich mit deiner Antwort?«

»Vorher tötet der Stalker den anderen Cop.«

***

Auf der Fahrt nach Oldenburg fasste Goselüschen den Bericht von KTU und Feuerwehr für Maria zusammen, die sich auf den Verkehr konzentrierte.

»Der Brandherd war der Ofen, in dem die Überreste gefunden wurden. Durch die jahrelange Nichtnutzung war die Kammer wohl nicht mehr dicht, daher griff das Feuer vom Inneren des Ofens auf die Wand, in die er eingelassen war, und schließlich auf das restliche Gebäude über. Bis zum Ende der Löscharbeiten war es auf der Ofenseite fast bis auf die Grundmauern niedergebrannt, die andere Hälfte des Hauses blieb zum Teil erhalten.«

Professor Doktor Hans Hallig, der großgewachsene Leiter der Rechtsmedizin, begrüßte die beiden herzlich mit seiner tiefen, fast donnernden Stimme, die durch die deckenhoch verfliesten Wände noch verstärkt wurde.

»Moin, Doc, gute Nachrichten?« Maria rechnete nicht damit, nachdem sie die Kunststoffschale auf dem

Seziertisch erblickt hatte, in der nur noch verkohlte Stücke verschiedener Größe zu sehen waren. Wenn sie nicht gewusst hätte, dass es sich dabei um die sterblichen Überreste eines Menschen handelte, hätte man es auch für den Inhalt einer Tüte Grill-Holzkohle halten können.

»Teils teils«, erwiderte der Arzt. »Wie Sie sehen, hat der Leichnam den Transport hierher nicht ganz schadlos überstanden.« Sie hatten bereits die Fotos der Spurensicherung gesehen, die an der Brandstelle gemacht worden waren, wonach man zumindest an der Anordnung der Überreste die menschliche Form erkennen konnte.

»Machte das noch einen Unterschied?«

»Nicht wirklich, Herr Goselüschen. Im Endeffekt hat es mir die Arbeit sogar erleichtert. Ich musste keine großen Stücke mehr in kleinere spalten.«

»Was können Sie uns nun anhand der Überreste sagen?«

»Anhand dieser?« Er deutete auf die Kunststoffwanne. »Gar nichts. Laut des Berichts der Feuerwehr war der Körper für mindestens eine Stunde Temperaturen von weit über 800, wenn nicht sogar 1000 Grad Celsius ausgesetzt. Die menschliche DNA denaturiert bereits ab ungefähr 90 Grad.« Er ging an ihnen vorbei und bedeutete ihnen, ihm zu folgen. »Bei einer klassischen Einäscherung, die durchschnittlich eineinhalb Stunden dauert, wirken ungefähr 850 Grad auf die sterblichen Überreste ein. Deswegen können wir damit nichts mehr anfangen.« Er blieb vor einem anderen

Seziertisch stehen, auf dem eine Schale in der Größe einer Brotdose stand. »Hiermit hingegen schon.« Er hob die Schale an und hielt sie den Polizisten unter die Nase.

»Was ist das?« Weder Maria noch Goselüschen konnten das kurze, verrußte Stäbchen anfangs erkennen. »Warten Sie, das ist ein Finger, richtig?«

»Genauer gesagt, es ist das Mittel- und Endglied eines Ring- oder Mittelfingers einer linken Hand, und ohne den Labortests in Hannover vorgreifen zu wollen, kann ich Ihnen sagen, dass es mit 95%iger Wahrscheinlichkeit der Finger einer Frau ist.«

»Warum ist der noch so gut erhalten im Gegensatz zum Rest?«

»Das, Herr Goselüschen, liegt sicher daran, dass er im nicht ganz heruntergebrannten Teil des Hauses gefunden wurde. Dort, wo auch eingebranntes Blut unter einem Stuhl sichergestellt wurde.« Er stellte die Schale zurück und holte den Bericht hervor. Kurz überflog er ihn und zeigte dann auf den betreffenden Abschnitt. »Hier steht es.«

»Darf ich mal?«, fragte Goselüschen und Hallig reichte ihm das Dokument. »Warum hab ich das nicht?« Er holte seinen Bericht hervor und verglich beide. Tatsächlich schien er einen Teil nicht mit ausgedruckt zu haben. Schulterzuckend gab er ihn Hallig zurück und steckte seinen wieder in die Tasche.

»Ist egal«, sagte Maria. »Jetzt wissen wir es ja. Davon können Sie also Material für einen DNA-Abgleich verwerten?«

»Vom Finger ganz sicher, von dem Blut auf dem Boden kann ich das allerdings nicht versprechen. In einer Viertelstunde werden die Proben vom Kurierdienst abgeholt und ins Labor nach Hannover gebracht.«

»Der Zahnstatus der Vermissten hätte Ihnen auch nicht weitergeholfen, oder?« Hallig blickte kopfschüttelnd zu der Wanne mit den Überresten.

»Nein, das Feuer hat die Zähne genauso zerstört wie die kleineren Knochen.« Er hielt kurz inne. »Da würde selbst eine Röntgenaufnahme der Zähne nichts bringen.«

»Das beruhigt mich etwas«, erwiderte Goselüschen, »denn laut ihrer Zahnarztpraxis hat sie ein unbeschädigtes Gebiss, daher war bislang keine Aufnahme notwendig.«

»Sie haben manchmal merkwürdige Gedankensprünge, Herr Goselüschen«, sagte Hallig lächelnd. »Muss man das als Kriminalist?« Diesmal war es Goselüschen, der nicht auf die Spitze des Pathologen reagierte.

»Danke, Doc«, sagte Maria und wandte sich zum Gehen, da fiel ihr Blick auf einen männlichen Leichnam, der im hinteren Bereich des Raumes lag. Sein aufgetrennter Brustkorb wurde von Spreizklammern offengehalten. »Was ist denn mit dem?«

»Der?«, fragte Hallig nach, während er seine Hände abtrocknete, die er gerade gewaschen hatte. »Der gehört Ihrem Kollegen Waldner. Hat eine Spritztour in die Ems unternommen und dabei wohl zu viel Wasser geschluckt«, erklärte der Rechtsmediziner beiläufig. »Ich mache mich sofort daran.«

»Kommt mir irgendwie bekannt vor«, sagte Goselüschen, der an den Toten herangetreten war und sich über ihn beugte. »Ist ja `ne ganz schöne Kante.«

»Fürwahr, der Mann war absolut trainiert«, bestätigte Hallig.

»Jo, aber Kampftaucher war er wohl nicht.« Hallig zog die Augenbrauen hoch und bedachte ihn mit einem tadelnden Blick, den Goselüschen schon von ihm kannte. »Nichts für ungut, Doc. Aber er hat´s ja hinter sich.« Er stand jetzt am Fußende des Tisches und las von dem Zettel ab, der dem Toten an den großen Zeh gebunden war. »Karl Meister? Hm, sagt mir doch nichts.«

»Wenn du dich dann sattgesehen hast, können wir ja gehen, oder?« Goselüschen zuckte mit den Schultern und folgte Maria in Richtung Ausgang, nachdem sie sich von dem Rechtsmediziner verabschiedet hatten.

»Ist schon irgendwie abgefahren die ganze Sache, oder?«, fragte er seine Kollegin. Sie befanden sich bereits auf dem Rückweg nach Aurich.

»Du meinst die Parallelen zu ihrem Buch?« Er nickte. »Na ja, wir wissen noch nicht, wer die Leiche ist. Und selbst, wenn es die von Isabell Springer sein sollte, kann das alles noch ein Zufall sein.« Goselüschen verengte seine Augen und warf ihr einen Seitenblick zu.

»Das meinst du nicht ernst, oder? So viele Zufälle gibt es nicht.«

»Nein«, erwiderte sie knapp und ein Schauer lief ihren Rücken hinunter. Zu sehr deutete alles darauf hin, dass die ganze Geschichte tatsächlich eine kranke Inszenierung des ersten Buches war. Nur, was versprach sich Harald Schwarzer davon? Klar, ein Stalker ist fraglos psychisch gestört und verhält sich nicht immer rational, dachte sie. Aber kann die Störung wirklich derart ausufern, dass man dabei einen Mord durchführt und dafür lebenslange Haft in Kauf nimmt? »Wir müssen den Schwarzer zu packen kriegen, dann wissen wir es genau.«

Kapitel 10

Am nächsten Morgen wurden Maria und ihr Team in das Büro ihrer Dienststellenleiterin zitiert.

»Moin, Frau Dünemann, was gibt es?«, fragte Goselüschen beiläufig, obwohl ihm bewusst war, welche Wellen der Fall Springer gerade schlug und er eher verwundert darüber war, nicht schon viel früher eine Ansage von ihr bekommen zu haben, wie wichtig gerade diese Ermittlungen wegen der öffentlichen Wirkung wären. Zu seiner Überraschung und der seiner Kollegen wartete Karl-Heinz Waldner bereits auf einem der Stühle vor dem Schreibtisch ihrer Chefin.

»Setzen Sie sich«, forderte sie die drei auf und als ihre Mitarbeiter ihr im Halbkreis gegenübersaßen, fuhr sie fort. »Ihnen ist klar, dass die Presse uns die Hölle heiß macht?«

»Wir können –.«

»Das war eine rhetorische Frage!«, unterbrach sie den begonnenen Einwand Marias. »Die Fans der Springer unternehmen bereits Pilgermärsche zu ihrem Strandhaus und alle fünf Minuten klingelt mein Telefon. Abwechselnd meinen mir die Pressevertreter und die Politiker unsere Arbeit diktieren zu können.«

»Wir haben eine heiße Spur und sobald wir den Verdächtigen einkassiert haben, sollten wir das Rätsel lösen können.«

»Noch haben Sie ihn aber nicht, Frau Fortmann. Und nachdem, was mir Ihr Kollege Waldner gerade erzählt hat, bin ich nicht sicher, dass Sie die richtige Spur verfolgen.« Goselüschen warf Waldner einen finsteren Blick zu, worauf dieser entschuldigend mit den Schultern zuckte.

»Von euch war vorhin noch niemand da, deswegen bin ich damit zu ihr gegangen.« Er deutete mit dem Kopf zu Marion Dünemann.

»Womit?«

»Genau! Womit?«, wiederholte Sebastian Marias Frage.

»Erzählen Sie es schon, Waldner«, forderte Marion Dünemann ihn auf. Waldner streckte seinen Rücken durch und räusperte sich.

»Ihr habt mitbekommen, dass gestern jemand tot in seinem Wagen aus der Ems geborgen wurde?«

»Der Typ, den wir in der Rechtsmedizin gesehen haben?«

»Richtig, Gose. Dabei handelt es sich um einen gewissen Karl Meister.«

»Stimmt«, bestätigte jetzt auch Maria. »Aber was hat der mit unserem Fall zu tun?«

»Das herauszufinden, wird unsere Aufgabe sein. Dr. Hallig, mit dem ich gestern Abend noch telefoniert habe, hat neben Spuren von GHB in seinem Blut ein Hämatom in Höhe des Brustbeins gefunden. Letzteres wurde wohl beim Aufprall auf das Wasser durch das Lenkrad hervorgerufen. Er war nicht angeschnallt. Die Lungenuntersuchung ergab, dass er bereits tot oder zumindest bewusstlos war, als er mit dem Wagen versenkt wurde.«

»Wie jetzt? Entweder war er schon tot oder nicht. Das kann man doch an der Lunge feststellen«, warf Maria ein.

»Richtig. Anhand der Wassereintrittstiefe und den Alveolen. Wenn es nämlich in den Lungenbläschen gefunden wird, ist dies ein klares Zeichen dafür, dass der Ertrunkene noch einige tiefe Atemzüge unternommen und sich dadurch die Lunge mit Wasser gefüllt hat.«

»Ja eben.«

»Der Bluterguss am Brustbein war es, der Dr. Hallig zum Nachdenken gebracht hat. Sollte Meister nämlich beim Eintauchen bereits tot gewesen sein, wäre es zu keinem Hämatom dieser Ausprägung gekommen. Daher hält er es für geradezu wahrscheinlich, dass Meister bewusstlos war und deswegen kein verstärkter Inspirationsreflex ausgelöst worden ist. Was erklären würde, dass ein Großteil der Lunge noch mit Luft gefüllt war.«

»Ja, dann wurde er schonend um die Ecke gebracht, während er bereits kaltgestellt war. Das kommt etliche Male selbst in unserem schönen Ostfriesland vor. Und was nun bringt dich zu der Annahme, dieses Tötungsdelikt hätte mit Springers Verschwinden beziehungsweise ihrem mutmaßlichen Tod zu tun?«

»Er ist unter anderem wegen Körperverletzung in mehreren Fällen und Nötigung aktenkundig. Wir haben Hinweise darauf, dass er für verschiedene Auftrageber ›Außendienst‹ leistet. Schutzgeld eintreiben oder Einschüchterung stehen ganz oben auf der Liste. Die meisten Anschuldigungen sind jedoch im Sande verlaufen, da sich selten Belastungszeugen auftreiben ließen.«

»Und weiter?«, wollte Goselüschen wissen.

»Nun, des Weiteren fanden wir in seinem Wagen einen Umschlag mit einer großen Summe Bargeld und sein funktionsfähiges Handy. Scheint 'ne alte Gewohnheit von Meister gewesen zu sein, das Gerät in einer wasserdichten Hülle aufzubewahren. Er ist, war ehemaliger Berufssoldat mit vielen Auslandsein-sätzen, möglicherweise hat er es dadurch verinnerlicht. Sieht man in den einschlägigen Filmen ja oft genug, dass die Soldaten ihre Waffen und Geräte gegen Wasser oder Sand schützen. Jedenfalls zeigte uns sein Smartphone an, dass jemand zigmal vergeblich ver-sucht hat, ihn anzurufen. Und die Verbindungshistorie seines Anschlusses belegte für die letzten Tage Tele-fonate fast ausschließlich mit dieser Nummer an.«

»Etwa die von Isabell Springer?«, platzte Sebastian heraus. Das wäre der Hammer, dachte sich auch Maria. Sie sah zu Goselüschen. Seinem Gesichtsaus-druck nach zu urteilen, teilte er ihre Meinung.

»Nein«, sagte Waldner und erntete dafür ein ent-täuschtes Ausatmen von Sebastian. »Es ist die Telefon-nummer von Konrad Breitenfeld. Unter anderem fand auch ein Gespräch zwischen den beiden kurz nach der mutmaßlichen Entführung Springers statt.« Eine gewisse Ratlosigkeit machte sich auf den Gesichtern von Maria und ihrem Team breit. Damit hatten sie allesamt nicht gerechnet. Mehr noch: Dass Breitenfeld als Verlag oder Konrad Breitenfeld als Person etwas mit dem Verschwinden Isabell Springers zu tun haben könnte, wurde bislang nicht ernsthaft in Erwägung gezogen. Durch die Information Waldners änderte sich schlagartig die ganze Situation.

»Bevor die Herren und die Dame jetzt hier fest-wachsen, machen Sie sich doch bitte an die Arbeit.« Die vier erhoben sich, Sebastian und Goselüschen ver-ließen das Büro. »Herr Waldner, Frau Fortmann?« Die Angesprochenen blickten fragend zu ihrer Vorgesetz-ten. »Ab jetzt arbeiten Ihre Teams zusammen an der Sache. Und bitte versuchen Sie, das möglichst schnell auf die Reihe zu bekommen.« Sie sahen sich an und weder Maria noch ihr Kollege brachen darüber in Jubelstürme aus, doch sie waren professionell genug, damit umzugehen. »Sollte sich herausstellen, dass der Tod Meisters mit dem mutmaßlichen von Isabell Springer zu tun hat, ist es sicher von Vorteil, wenn Sie alle auf demselben Informationsstand sind.«

»Kein Thema«, antwortete Maria für beide.

Nachdem er Maria einige Meter auf dem Korridor wortlos hinterhergeschlurft war, fragte er:

»Du warst gestern ja schon bei dem Breitenfeld. Willst du nochmal hinfahren oder soll ich ihm diesmal einen Besuch abstatten?« Maria verlangsamte ihren Schritt, bis Waldner aufschloss und neben ihr herlief.

»Ich denke, es ist besser, wenn du ihn befragst. Dann liegt nicht gleich auf der Hand, dass wir einen

Zusammenhang mit dem Verschwinden Springers vermuten.« Waldner lachte kurz auf.

»Tun wir das denn?« Er wurde wieder ernst. »Ich meine, außer der zeitlichen Überschneidung von dem Telefonat und der Entführung gibt es ja nun keine uns bekannten Parallelen.«

»Komm schon, Kalle, das ist uns allen klar.« Sie sah ihn mit zusammengekniffenen Augen an. »Du warst es doch, der der Dünemann diesen Floh ins Ohr gesetzt hat, also beschwer dich jetzt nicht.« Das Gespräch mit Eleonore Zeisner schoss Maria durch den Kopf und der von Breitenfeld gesprochene Satz. ›Gut gemacht, der Feldmann ist gerade weggefahren‹, hatte er zu einem Unbekannten ins Telefon gesagt. Und dieser Unbekannte könnte Karl alias Charlie Meister gewesen sein.

»Ich beschwere mich nicht. Und ich sagte bereits, dass von euch noch niemand zu sprechen war.«

»Ja, sicher. Eine Viertelstunde zu warten wäre natürlich unvorstellbar gewesen, oder eben zum Handy zu greifen.« Sie klopfte ihm auf die Schulter. »Pass auf, zu dem Breitenfeld muss ich dir noch was erzählen.« Sie senkte ihre Stimme und fasste das Gespräch mit Eleonore Zeisner zusammen. »Keine Ahnung, ob sie das richtig verstanden hat, aber das könnte das Telefonat mit dem Meister gewesen sein.«

»Das hört sich auf einmal sehr vielversprechend an«, sagte Waldner.

»Quetsch ihn aus, dann wissen wir mehr. Aber mein Bauchgefühl geht immer noch klar in Richtung ihres

Stalkers, der ist sicher der ernstzunehmendste Verdächtige in diesem Spielchen.«

»Wir werden sehen«, erwiderte Waldner, nahm zwei Finger an die Schläfe und imitierte einen militärischen Gruß, bevor er sich auf den Weg machte.

***

Keine üble Wohnlage, dachte Waldner, als er an der Tür von Konrad Breitenfelds Villa stand und den Klingelknopf drückte. Eine hohe Mauer schützte das Anwesen vor unerwünschten Blicken. Karl-Heinz Waldner war kein Spezialist auf dem Immobiliensektor, aber er wusste, dass allein das dunkle Reetdach, das das eineinhalbgeschossige Haus vor Wind und Regen schützte, Kosten im sechsstelligen Bereich verursachte. Vor Jahren war er aus allen Wolken gefallen, als er sich ein Angebot für eine Bedachung dieser Art für sein Einfamilienhaus eingeholt hatte. Die Entscheidung für konventionelle Dachziegel fiel damals innerhalb weniger Sekunden.

Breitenfelds Sekretärin, eine Eleonore Zeisner, hatte ihm die Adresse gegeben, nachdem sie erklärt hatte, dass ihr Chef sich heute überraschend freigenommen hatte.

»Ja bitte?«, fragte der Mann mit dem ramponierten Gesicht, der gerade an der Haustür erschienen war. Waldner hielt ihm seinen Dienstausweis unter die Nase.

»Moin, sind Sie Konrad Breitenfeld?« Der Mann nickte, wich stöhnend einen Schritt zurück und winkte den Polizisten widerwillig hinein. »Was ist mit Ihrem Gesicht passiert?«

»Kleiner Haushaltsunfall, nichts Erwähnenswertes«, wiegelte Breitenfeld ab. Er führte Waldner in die offene Wohnküche und bot ihm einen der Bistrohocker an, von denen drei in der Reihe vor einer barähnlichen Theke platziert waren. Waldner zog sich einen heran und ließ sich mit dem halben Gesäß darauf nieder.

»Sie wissen, warum ich hier bin?« Breitenfeld zuckte mit den Schultern.

»Ehrlich gesagt: Nein. Schließlich hatte ich gerade gestern ein Gespräch mit Ihrer Kollegin und ich wüsste nicht, was ich dem noch hinzufügen könnte.« Waldner zog die Augenbrauen hoch und hoffte, seine Überraschung würde authentisch rüberkommen.

»Meine Kollegin? Welche Kollegin und worum ging es dabei?« Entweder spielte er seine Rolle perfekt oder Breitenfeld war von seinem Unfall noch zu angeschlagen, um klar denken zu können, denn er schien es nicht im Ansatz anzuzweifeln.

»Eine Kommissarin Fortmann. Maria Fortmann. Es ging um das Verschwinden von Isabell Springer«. Er stockte kurz. »Oh mein Gott, die Leiche in der abgebrannten Räucherei – war das wirklich die von Isabell? So wie es durch die Presse geisterte?«

»Dazu kann ich Ihnen nichts sagen und deswegen bin ich auch nicht hier.« Er streckte seinen Rücken durch und sah Breitenfeld in die Augen. »Kennen Sie einen Karl Meister?«

»Nein«, antwortete er schnell. Viel zu schnell.

»Sind Sie sicher? Er ist Ihnen vielleicht eher als Charlie Meister bekannt.« Breitenfeld verzog das Gesicht und schüttelte langsam den Kopf.

»Nein, der Name sagt mir nichts. Was ist mit ihm?«

»Nun, er ist tot.« Breitenfeld zuckte unmerklich und vermied weiteren Augenkontakt mit Waldner.

»Das ist tragisch. Also für ihn. Hatte er Familie?« Er ging mit schnellen Schritten zum Kühlschrank und goss sich ein Glas Wasser ein. Waldner lehnte dankend ab, als er ihm ebenfalls eines anbot. »Warum kommen Sie deswegen zu mir?« Waldner zog ein Foto Meisters hervor und zeigte es dem Verleger.

»Sehen Sie sich ihn an. Vielleicht kennen Sie ihn unter einem anderen Namen.« Breitenfeld nahm ihm das vom Rechtsmediziner Hallig gemachte und zur Dienststelle Aurich gesandte Polaroid aus den Händen und begutachtete es, wobei sich seine Augen unruhig hin und her bewegten.

»Hm, vielleicht habe ich ihn schonmal gesehen. Aber erinnern kann ich mich nicht an ihn.« Er gab das Foto zurück und breitete entschuldigend seine Arme aus. »Sie müssen wissen, dass wir monatlich sicher fünfzig bis hundert junger Nachwuchsautoren in unserem Haus haben, die uns anflehen, ihre Manuskripte zu lesen und sie zu veröffentlichen. Viele halten sich für den neuen *Fitzek* oder *King*, doch die meisten liefern einfach nur unbrauchbaren Schrott ab. Vielleicht war dieser – wie sagten Sie, hieß er gleich noch? Karsten Meister? Vielleicht war der einer davon und ich habe ihn zufällig gesehen. Aber wie gesagt, sicher bin ich nicht.«

»Ich verstehe«, sagte Waldner lächelnd. Breitenfeld erwiderte es und schien beruhigt, was sich schlagartig änderte. »Aber wissen Sie, was ich nicht verstehe?« Breitenfeld zuckte mit den Schultern. Er nahm einen Schluck Wasser, wobei er wegen seiner zitternden Hand beinahe etwas davon verschüttet hätte.

»Nein.«

»Er hat in den letzten Tagen fast nur mit einer Nummer telefoniert.« Waldner fixierte Breitenfeld, der scheinbar ahnte, was folgen würde. »Mit der Ihres Büros. Und ich vermute, dass Sie die Handynummer, die wir ebenfalls häufig in seinem Gesprächsprotokoll gefunden haben, auch kennen.« Er begann, sie aufzusagen.

»Ja, schon gut, das ist meine«, unterbrach ihn Breitenfeld. »Aber es ist nicht das, wonach es aussieht.« Waldner hob die Augenbrauen.

»Nein? Wonach sieht es denn aus?«

»Ich habe Charlie Meister nicht umgebracht!«

»Herr Breitenfeld, ich habe mit keinem Wort erwähnt, dass er umgebracht wurde.« Er stand auf und ging einen Schritt auf den Verleger zu, wodurch dieser etwas eingeschüchtert die Schultern hängen ließ. »Ich schlage vor, Sie begleiten mich auf die Dienststelle und wir unterhalten uns mal etwas detaillierter.«

»Sie haben sicher nichts dagegen, wenn ich meinen Anwalt hinzuziehe?«

»Selbstverständlich nicht.«

***

Maria hatte in der Zwischenzeit Tom Feldmann in seiner Agentur einen Besuch abgestattet. Er schien noch nervöser zu sein, als er es am Strandhaus gewesen war. Was Maria angesichts des mutmaßlichen Verlusts für seine Agentur nachvollziehen konnte.

»Das ist so schrecklich. Hoffentlich ist es nicht Isabell, die verbrannt wurde«, sagte er und seine Augen füllten sich mit Tränen.

»In ein bis zwei Wochen haben wir Gewissheit«, sagte Maria mitfühlend. »Die Anzeichen sprechen jedoch dafür, dass es sich um Frau Springers sterbliche Überreste handelt.«

Sie fragte ihn nach dem zweiten Toten, doch er konnte weder mit dem Namen Karl Meister noch mit dem Foto etwas anfangen. Auch hätte Isabell Springer ihm gegenüber nie etwas von einem Stalker erwähnt, erklärte er ihr auf Nachfrage hin, ob er von den Mails Schwarzers gewusst hätte.

Sie verabschiedete sich und fuhr weiter zu Penélope Martinez, die immer noch die Letzte war, die Isabell Springer gesehen hatte. Auch die Mexikanerin hatte im Internet von den Vermutungen gelesen, ihre Arbeitgeberin könnte einer Entführung mit anschließender Ermordung zum Opfer gefallen sein.

»Guten Tag, Frau Fortmann. Kommen Sie herein«, sagte die schwarzhaarige Frau, deren Augen von dunklen Ringen gezeichnet waren. Ihr Gesicht war aufgedunsen und gerötet. Offensichtlich hatte sie viel geweint. »Ist es wahr? Ist Señora Isabell tot?«

»Das kann ich Ihnen noch nicht mit Sicherheit sagen. Eine DNA-Analyse dauert ein bis zwei Wochen. Aber wir vermuten, dass es ihre Leiche war«, erklärte sie der Frau, wie sie es eine halbe Stunde zuvor Tom Feldmann gesagt hatte. Maria legte ein Foto vom Fahrzeug Meisters auf den Tisch, das aus der Ems geborgen worden war. »Ist das der Wagen, den Sie beim Strandhaus gesehen haben?« Penélope schniefte, nahm ein Taschentuch und schnäuzte sich. Dann sah sie auf das Bild und nickte.

»Sí. So einer war das. Auch die Farbe passt.« Maria legte ein Foto Meisters daneben.

»Und was ist hiermit? Kennen Sie diesen Mann?« Dieses Mal nahm die Mexikanerin das Foto in die Hand und hielt es sich dicht vor das Gesicht. Dann streckte sie den Arm aus und drehte es etwas hin und her, als ob sie dem Foto dadurch zusätzliche Perspektiven entlocken könnte.

»Sí«, sagte sie langsam. »Ich kenne diesen Mann.« Sie schaute fragend zu Maria. »Ich habe ihn vor ein paar Tagen beim Haus von Señora Isabell gesehen. Er hätte sich verlaufen, sagte er mir. Wer ist das?«

»Das ist Karl Meister und er wurde gestern tot aufgefunden. Wir prüfen, ob es einen Zusammenhang zwischen ihm und der Entführung gibt.« Jetzt hielt sich die Haushälterin die Hand vor den Mund.

»Er war sehr freundlich, ich mag mir gar nicht vorstellen, dass er etwas damit zu tun gehabt haben könnte«, sagte sie leise.

»Der Wagen auf dem Foto gehörte ihm. Wann genau haben Sie ihn gesehen und war irgendetwas auffällig an ihm?« Penélopes Augen wanderten in ihren Höhlen von links nach rechts und wieder zurück.

»Letzten Freitag muss das gewesen sein.« Sie nickte, als müsste sie sich selbst bestätigen. »Señora Isabell war in der Stadt unterwegs. Mir fiel der Mann auf, weil er irgendwie ums Haus schlich. Ich bin dann zur Terrasse raus und hab ihn gefragt, was er möchte. Wie gesagt: Er war total freundlich und wirkte nicht so, als hätte ich ihn bei irgendetwas ertappt. Ganz im Gegenteil, er machte auf mich tatsächlich den Anschein, als hätte er sich nur verlaufen.«

Sollte sie mit ihrem Bauchgefühl so danebenliegen?, dachte Maria auf dem Weg zurück ins Büro. Nicht nur die Aussage der Haushälterin bezüglich Meister deutete eher auf eine Verstrickung Konrad Breitenfelds in den Fall, auch das Verhalten des Verlegers gegenüber Waldner sprach im Moment gegen die Stalker-Theorie. Sebastian hatte sie telefonisch auf den neusten Stand gebracht und ihr gesagt, dass sie mit der Vernehmung Breitenfelds auf sie warten würden. Bis dahin könnte auch sein Rechtsbeistand eingetroffen sein, der sich momentan noch vor Gericht aufhielt.

Kapitel 11

Die Spannung im Vernehmungszimmer war mit den Händen greifbar. Auf der einen Seite saßen Konrad Breitenfeld und sein Anwalt, ihnen gegenüber Maria, die von Goselüschen und Waldner flankiert wurde.

Das kleine, rote Licht neben der Kamera, die an der Wand hinter den Polizisten angebracht war, zeigte an, dass das Gespräch mitgeschnitten wurde.

»Was genau werfen Sie meinem Mandanten vor?«, wollte der Anwalt wissen.

»Ehrlich gesagt werfen wir ihm momentan gar nichts vor«, erwiderte Maria und sah dann Breitenfeld direkt an. »Aber wir würden es begrüßen, wenn Sie uns bei der Rekonstruktion der letzten Tage behilflich sein könnten.«

»Ich fürchte, ich werde Ihnen dabei kaum nützlich sein«, antwortete Breitenfeld lächelnd, der nach dem vertraulichen Gespräch mit seinem Rechtsanwalt offenbar zu der Arroganz zurückgefunden hatte, die ihm Maria seit dem ersten Moment ihres Kennenlernens unterstellte.

»Am besten klären Sie uns auf, in welcher Verbindung Sie zu Karl Meister standen.« Breitenfeld grinste sie an und deutete auf Waldner.

»Ich habe Ihrem Kollegen bereits erklärt, dass ich ihn nicht kenne, oder besser gesagt, nicht kannte.«

»Ich dachte, darüber wären wir bereits hinaus, nachdem wir von den ganzen Telefonaten zwischen Ihnen beiden wissen«, entgegnete Maria trocken. Der Anwalt beugte sich zu Breitenfeld und flüsterte ihm etwas ins Ohr. Dieser schüttelte den Kopf.

»Der Mann war mein Buchmacher«, erklärte er, worauf sein Rechtsbeistand die Augen verdrehte. Auch Maria und ihre Kollegen sahen sich fragend an.

»Ihr Buchmacher? Machen Sie Witze?«

»Natürlich nicht, Frau Fortmann. Warum sollte ich hier Scherzchen machen?« Breitenfelds Anwalt rutschte auf seinem Stuhl herum. Maria sah ihm an, dass ihm zusehends unwohl wegen des seltsamen Verhaltens seines Mandanten wurde.

»Wir haben die Aussage Ihrer Sekretärin, Frau Eleonore Zeisner, dass Sie kurz nach dem geplatzten Deal mit Frau Springer ein Telefonat mit Meister führten, in dem Sie ihn dafür lobten, dass die Autorin nicht aufgetaucht war«, sagte Maria, die die Aussage Zeisners etwas abgeändert hatte, damit sie bedrohlicher wirkte.

»Da muss sie sich verhört haben«, sagte er. Seine Mimik drückte immer noch Überheblichkeit aus, aber die Schweißperlen, die auf seine Stirn traten, konnte er nicht verbergen. Sein Blick wurde unruhig.

»Herr Breitenfeld, Sie scheinen den Ernst der Lage zu verkennen. Es geht hier um Entführung und Mord«, schaltete sich Goselüschen ein. »Ich kläre Sie gerne auf: Entweder Sie arbeiten konstruktiv mit uns zusammen und legen die Karten auf den Tisch oder unsere Kollegen der Spurensicherung rücken aus und stellen Ihre Wohnung und das komplette Verlagshaus auf den Kopf. Die nehmen Ihren Wagen, Computer und alles auseinander, was Ihnen lieb ist. Die Staatsanwaltschaft hat es bereits abgesegnet.« Maria sah, wie Goselüschens Bluff Wirkung zeigte und die Selbstsicherheit langsam wieder aus dem Gesicht des Verlegers schwand. Klar, was würde die Presse dazu sagen, wenn der angesehene Verlag einer Razzia unterzogen würde? Diese Art Publicity konnten sie nicht gebrauchen.

Breitenfeld hatte um ein weiteres vertrauliches Gespräch mit seinem Anwalt gebeten, das gerade in einem Nebenraum stattfand.

»Was meint ihr, knickt er ein?«

»Keine Ahnung, Kalle. Jedenfalls hat er gemerkt, dass das hier übel für ihn ausgehen könnte.«

»Ich weiß es auch nicht«, ergänzte Maria. »Doch mein Bauchgefühl sagt mir, dass wir noch am Anfang des Rätsels stehen.«

»Wie war das noch? Hatte sich dein Bauchgefühl nicht seit der Story mit der Selbstjustiz-Organisation auf Nimmer-Wiedersehen verabschiedet?«, stichelte Goselüschen.

»Nein, nein, es kommt langsam wieder, ihr werdet schon sehen.«

Im nächsten Moment erschienen Breitenfeld und sein Vertreter und sie kehrten alle in das Vernehmungszimmer zurück. Goselüschen stellte die Videokamera an und sprach den obligatorischen Aufklärungstext.

»Mein Mandant möchte vollumfänglich aussagen.«

»Okay, das ist gut. Also, Herr Breitenfeld: In welcher Verbindung standen Sie zu Karl Meister?« Breitenfeld räusperte sich.

»Dazu muss ich etwas ausholen. Sie können sich vorstellen, dass so ein großer Verlag nicht einfach zu führen ist, vor allem, wenn man den gewohnten Erfolg halten will.« Er sah auf seine Hände, deren Finger wie zu einem Gebet ineinander verschränkt auf dem Tisch lagen. »Dazu gibt es viele Mittel und Wege und manche davon sind, sagen wir mal, etwas unschön und in einer rechtlichen Grauzone. Und in solchen Fällen kommen Leute wie Charlie Meister ins Spiel.«

»Wenn es um Entführungen der eigenen Autorinnen geht?«, warf Waldner ein.

»Nein, nein, so war das nicht. Jedenfalls sollte es nicht so sein.« Er hustete, bat um ein Glas Wasser und fuhr fort, nachdem er einen Schluck getrunken hatte. »Sie müssen sich das so vorstellen: Jeder Verlag hat seine Topautoren und die Midlistautoren. Die Topleute werden bei Lanz, Maischberger oder in anderen beliebten Talkshows platziert. Das läuft hinter den Kulissen ohne großes Tamtam, dafür kennen sich die großen Verlagsbosse und die Showrunner der einzelnen Sendungen gut genug. Da wäscht eine Hand die andere. Etwas schwieriger gestaltet sich das mittlerweile mit den Buchbesprechungen in den großen Zeitungen und Zeitschriften. Da ist es schon nicht so einfach, die jeweiligen Redakteure dazu zu bringen, dass die Erwähnung im Feuilleton so ist, wie der Verlag es sich wünscht.«

»Und denen schicken Sie Leute wie Meister auf den Hals?«

»Nein, Frau Fortmann, das lässt sich meist mit großzügigen Schecks regeln oder mit unangenehmen Informationen, die man über den einen oder anderen Influencer zusammengetragen hat. Weitaus komplizierter verhält es sich mit den ganzen neuen, selbsternannten Kritikern im Internet. Es gibt hunderttausende Buchblogger und Buchseiten allein bei Facebook, die einen nicht unerheblichen Einfluss auf das Kauf- und Leseverhalten der Leute haben.«

»Also wird man nur Bestseller, wenn das Marketing stimmt, egal, wie die Qualität des Buches ist?« Breitenfeld schaute sie nachsichtig an.

»Das ist nicht Ihr Ernst, oder?« Er lachte kurz auf. »Kommen Sie, das ist Business. Schauen Sie doch selbst, was für ein Schrott regelmäßig in den Bestsellerlisten steht. Und ich meine explizit nicht die von Amazon oder Bild, sondern seriöse wie die des Spiegels zum Beispiel. Klar setzen sich hin und wieder auch die richtig guten Bücher durch, also Werke, die die Bezeichnung Literatur tatsächlich verdient haben, aber in den meisten Fällen wird das zum Bestseller, wo das Marketingpaket am besten geschnürt wurde.«

»Das ist ja sehr interessant, aber lassen Sie uns weiter über Meister sprechen«, fuhr ihm Goselüschen in den Monolog.

»Ja, natürlich. Wir haben für das Internet etwa 150 ›Freiberufler‹, die sich in diversen Gruppen aufhalten, dort immer wieder Titel unseres Verlags empfehlen, Kritiker sofort angreifen und natürlich zeitnah gute Rezensionen bei Neuveröffentlichungen schreiben und hochladen. Manchmal sind die Kritiker jedoch hartnäckiger. In diesem Fall ist es eine Bloggerin, die sich auf einen unserer Autoren eingeschossen hat, und da sie über eine fünfstellige Followerzahl verfügt, muss man sie schon ernstnehmen. Anfangs haben wir es im Guten versucht und ihr ein paar Vergünstigungen zugesichert, sollte sie sich etwas wohlwollender äußern. Das lehnte sie jedoch ab und hetzte in ihrem nächsten Blogeintrag erneut gegen unser Haus.« Er zögerte. »Nun, zu ihrem Pech hat sie, wie jede Seite im Netz, Impressumspflicht. So konnten wir schnell ihre Adresse rausfinden, und sich mal mit ihr zu unterhalten, war Meisters erster Auftrag, den er von mir bekommen hat. Fragen Sie mich nicht, was er ihr gesagt hat, aber in der Folge kamen wenn nur noch positive Reaktionen auf unsere Titel von ihr.«

»Gut, er war für Ihre Drecksarbeit zuständig. Was genau war sein Auftrag bei Isabell Springer?« Sie wussten ja bereits von Waldner, wie Meister sein Geld verdient hatte, daher fand Maria die Erklärungen nicht sonderlich überraschend. Trotzdem versetzte es ihr immer einen Stich ins Herz, wenn sie von solchen Geschäftsgebaren erfuhr, wobei es vollkommen unerheblich war, um welche Branche es sich dabei handelte. Sie war nicht umsonst Polizistin geworden:

Ihre Mission war es, sich für Fairness und Gerechtigkeit einzusetzen, auch wenn es meist ein aussichtsloser Kampf gegen Windmühlen war.

»Ich muss vorab sagen, dass ich keinen Vertrag mit Isabell Springer wollte. Mein Vater jedoch meinte, sie unbedingt zurückgewinnen zu müssen, was aufgrund ihrer Erfolge als Selfpublisherin und ihrer Fanbase außerhalb Deutschlands aus rein wirtschaftlicher Sicht durchaus nachvollziehbar war. Aber die Springer ist ein faules Ei. Bevor Sie jetzt fragen: Sie bedient sich gerne mal fremder Ideen, schreibt sie um und gibt sie als die ihrigen aus. Deswegen haben wir damals den Vertrag mit ihr auch gekündigt. Mein Vater ist, was das betrifft, leider ein Verfechter der sogenannten zweiten Chance, ich hingegen traue ihr nicht.« Seine Gesichtsfarbe hatte sich ins Rötliche verändert, seine Adern auf den Schläfen traten leicht hervor. »Pünktlichkeit ist neben Zuverlässigkeit für meinen Vater das Wichtigste überhaupt. Wenn es sie nicht schon gegeben hätte, er hätte die Schweizer Uhren erfunden.« Breitenfeld schüttelte den Kopf. Es schien auf Maria fast so, als wäre er froh darüber, sich das alles einmal von der Seele reden zu können.

»Fahren Sie fort«, bat sie ihn.

»Deswegen habe ich Meister damit beauftragt, dafür zu sorgen, dass die Springer weder zu dem Termin erscheint noch sich telefonisch dafür abmeldet. Aber glauben Sie mir, ich habe ihn nicht zu einer Entführung aufgefordert!«

»Was hatten Sie sich denn vorgestellt? Und wann haben Sie ihm den Auftrag gegeben?«, wollte Waldner wissen.

»Das war ungefähr drei Wochen vor dem Termin für die Vertragsunterschrift. Isabell Springer hatte den Termin gerade bestätigt, worauf ich Meister instruiert habe. Zu Ihrer ersten Frage: So genau habe ich mir darüber keine Gedanken gemacht. Ich vermutete, dass er ihren Wagen und ihr Telefon außer Gefecht setzt oder ihr irgendwie ein Betäubungsmittel untermischt. Auf keinen Fall habe ich damit gerechnet, dass er sie entführen und ihr etwas antun würde. Das müssen Sie mir einfach glauben!« Er sah den drei Polizisten nacheinander in die Augen und senkte dann den Blick. »Ich musste doch nur erreichen, dass sie uns beim Meeting versetzt. Wobei das —.«

»Wobei das was?«, hakte Maria nach.

»Wobei das nichts brachte, da mein Vater immer noch mit ihr abschließen will, beziehungsweise wollte«, sagte er fast tonlos. Es folgte sekundenlange Stille.

»Und da haben Sie beschlossen, dass Meister Isabell Springer beseitigen soll.«

»Nein!« Er war im Begriff, aufzuspringen, doch die Hand des Anwalts auf seinem Unterarm bremste ihn aus und die unmissverständliche Reaktion Waldners und auch Goselüschens sorgten dafür, dass er sich besann und wieder hinsetzte. »Nein, glauben Sie mir doch! Nachdem Sie bei mir gewesen sind, Frau Fortmann, rief ich Meister an, um nachzufragen, was genau er mit ihr angestellt hat. Darauf gab er mir aber keine

Antwort. Ich bin dann zum Bahnhofsschließfach gefahren, wo immer sein Geld deponiert wird, in der Hoffnung, ihn dort anzutreffen und es aufklären zu können.« Maria fuhr mit einer Hand durch ihr Gesicht und deutete auf seines.

»Ist das das Ergebnis dieses Treffens?«

»Ja«, sagte er schnaubend. »Bevor ich überhaupt einen Satz zu Ende sprechen konnte, hatte er mich mit einem Faustschlag niedergestreckt. Ich muss dazu sagen, dass er mich bei unserem letzten Telefonat davor gewarnt hatte, ihn jemals wieder zu kontaktieren. Jedenfalls gab er mir noch ein paar Tritte und harte Ohrfeigen, als ich auf dem Boden lag, und erneuerte die Warnung. Ich habe mich ins Auto geschleppt und bin nach einer Zeit zurück ins Büro.« Das hatte die Sekretärin Waldner telefonisch bestätigt, nachdem er mit Breitenfeld die Dienststelle erreicht hatte, bestätigte Maria gedanklich. »Dort hab ich alle Termine absagen lassen und Frau Zeisner nach Hause geschickt. Später bin ich in eine Kneipe und habe mich volllaufen lassen.« Er nannte auf Nachfrage Goselüschens die Adresse der Gaststätte und beim folgenden Anruf bestätigte der Barkeeper die Aussage Breitenfelds. Dies benötigte Breitenfeld jedoch nicht als Alibi, da er sich zum Todeszeitpunkt Meisters im Verlag aufgehalten haben wollte. »Wir haben eine Videoüberwachung des kompletten Gebäudes, da können Sie meine Angaben überprüfen«, erklärte er, nachdem er damit konfrontiert worden war.

»Das werden wir tun, Herr Breitenfeld.«

»Mein Mandant hat Ihnen alles gesagt, was er weiß«, schaltete sich der Anwalt ein. »Ich sehe keinen Grund, warum wir die Unterredung hier nicht auf der Stelle beenden sollten.« Er stand auf und als keiner der Polizisten widersprach, folgte Breitenfeld seinem Beispiel. Die drei Polizisten sahen den beiden Männern hinterher.

»Glaubt ihr ihm?«, fragte Maria, die beiden waren gerade aus ihrem Sichtfeld verschwunden. Waldner zuckte mit den Achseln.

»Hört sich zwar etwas freaky, aber irgendwie auch nachvollziehbar an. Also ja, ich glaube ihm«, sagte Goselüschen.

»Ich tendiere auch dazu. Aber wenn das so ist, warum hat Meister sie dann entführt und umgebracht? Verzögerte PTBS aus seinen Auslandseinsätzen? Und warum hielt er sich dabei an das Drehbuch, also an ihren ersten Thriller?«

»Nun stellen wir uns mal vor«, begann Waldner, »dass er den Auftrag von Breitenfeld erhält. Er erkundigt sich über sein Ziel. Laut Aussage der Haushälterin hat er sie ja auch ausgespäht. Warum sollte er nicht eines ihrer Bücher gelesen haben? Möglicherweise hat er sogar ihren Stalker mal getroffen. Und wer weiß, ob da nicht in seinem kranken Gehirn ein Mechanismus in Gang gesetzt wurde, der ihn zum Nachspielen des Thrillers zwang?«

»Oder er wollte ihr nur zeigen, wie sich so etwas in echt anfühlt, wenn man misshandelt und verbrannt wird. So quasi als Aufklärung und Strafe, so einen

Nonsens zu schreiben.« Goselüschen konnte ein Lachen nicht unterdrücken.

»Oder Meister hat mit dem Stalker gemeinsame Sache gemacht, das würde das Boot erklären.«

»Wobei das Boot vielleicht überhaupt nichts mit der ganzen Sache zu tun hat und nur zufällig am Steg angelegt hatte. Vielleicht musste die Crew pinkeln.«

»Ihr habt ja tolle Ideen, Jungs, und vor allem klingen die so wenig konstruiert. Schonmal daran gedacht, selbst Krimis zu schreiben?«

»Dein Zwinkern kannst du dir sparen, Blondie, ich habe dir schon oft genug gesagt, dass es zu viele Ostfrieslandkrimis gibt. Die Leute denken doch schon, dass hier jeder Zweite ein psychopathischer Serienmörder ist.«

»Liegen sie damit denn so falsch?«

Kapitel 12

5 Tage später

Vor wenigen Stunden hatten sie die Ergebnisse der DNA-Analyse aus Hannover erhalten. Und sie bestätigte den Anfangsverdacht der Ermittler: Das in dem abgebrannten Gebäude gefundene Blut und der Finger stimmten eindeutig mit der Haarprobe überein, die die Kollegen im Bad des Strandhauses von Isabell Springer sichergestellt hatten. In der Zwischenzeit hatte sich Sebastian nochmals mit dem Smartphone Meisters beschäftigt und weitestgehend seine Aufenthaltsorte in den letzten zwei Tagen durch Tracking rekonstruieren können. Wenig überraschend fand er heraus, dass Meister zu der Zeit vor Ort war, in der der Brand in der Räucherei ausgebrochen war. Die Puzzleteile fügten sich immer mehr zusammen. Goselüschen hatte vorgeschlagen, noch einmal den Fundort der Leiche Springers in Augenschein zu nehmen, womit seine Kollegin sofort einverstanden war.

Das gelbe Absperrband, das weit um das zum Teil niedergebrannte Haus gespannt worden war, flatterte im Ostwind, der kühle Luft über den Küstenabschnitt wehte.

Maria fröstelte, als sie den Ofen inspizierte, in dem die verkohlten Überreste gefunden worden waren, während sich Goselüschen im fast unversehrten Hausabschnitt umsah. Er blieb vor dem Küchenstuhl stehen, unter dem sich der Blutfleck in den Estrichboden eingebrannt hatte.

»Hier hat er sie also gefoltert. Wenn ich das aus Bastis Erzählung richtig in Erinnerung habe und er sich an das Buch gehalten hat, trennte er ihr den Finger ab, stach ihr die Augen aus und versetzte ihr zusätzlich noch einige Schnittwunden im Gesicht und am Oberkörper, bevor er sie schließlich mit einem Stich ins Herz erlöste.«

»Und dann hat er sie hier rüber geschleift und in den Ofen geworfen. Doch anders als im Buch hat er die Spuren nicht beseitigt.« Sie schlenderte zu ihrem Kollegen und schaute vom Stuhl zur Feuerstelle. »Da vorn haben wir noch einen Blutfleck.« Sie zeigte auf eine Stelle etwa drei Meter vom Küchenstuhl entfernt. »Aber müssten nicht Schleifspuren auf dem Boden sein?«

»Vielleicht wurde er gestört oder er geriet in Panik, weil das Feuer um sich gegriffen hat. Oder es war ihm schlicht egal, ob er Spuren hinterließ, was seine Fingernägel erklären würde. Und was die Schleifspuren angeht: Hast du ihn dir mal angeguckt? Der Typ klemmt sich so ein Püppchen wie die Springer locker unter den Arm, ohne eine Miene zu verziehen.«

»Wie auch immer, auf jeden Fall ist es vollkommen klar, dass er nicht allein gearbeitet hat.«

»Denkst du an den Breitenfeld?«

»Nein«, sagte Maria langsam. »Das heißt, nicht vorrangig. Ich fand seine Ausführungen plausibel und mir fehlt das Motiv. Außerdem kann ich mir nicht vorstellen, dass er sich selbst die Finger schmutzig machen würde. Und abgesehen davon hat er durch die Aufzeichnungen der Überwachungskameras ein zweifelsfreies Alibi für die Todeszeit Meisters, was seine Aussage umso glaubhafter macht.« Sie hatten sich die Bänder direkt im Anschluss an die Vernehmung Breitenfelds angesehen, die den Verleger entlasteten, da sie ihn beim Betreten und späteren Verlassen des Firmengebäudes zeigten. Somit schied er als möglicher Täter aus. Zusätzlich ergab die DNA-Überprüfung von Hautfetzen, die Hallig unter den Fingernägeln Karl Meisters sichergestellt hatte, eine Übereinstimmung mit einer freiwilligen Probe Konrad Breitenfelds, was seine Aussage und den Streit mit dem ehemaligen Soldaten belegte.

»Ein Motiv für das Ganze sehe ich bei Meister auch nicht. Außer einer psychischen Störung, sofern er eine solche hatte. Um Geld ging es ihm wohl nicht, sonst hätte er von irgendwem ein Lösegeld erpresst, anstatt sie einfach zu töten.«

»Du meinst, sie nach einem bestimmten Muster zu töten«, stellte Maria klar. »Finden wir den Mörder Meisters, lösen wir den Fall.«

***

Bereits im Wagen auf dem Weg zurück hob Maria ihre Hand.

»Pst«, zischte sie und drehte die Lautstärke des Radios höher. Gemeinsam mit Goselüschen lauschte sie der Nachrichtensprecherin.

Wie die Kriminalpolizei Aurich gerade in einer Erklärung bekanntgab, handelt es sich bei der verbrannten Leiche, die letzte Woche in einer stillgelegten Räucherei geborgen wurde, eindeutig um die Bestsellerautorin Isabell Springer. Des Weiteren heißt es, dass Karl M., ein ehemaliger Berufssoldat, der mutmaßlich an ihrer Entführung und Ermordung beteiligt gewesen sein soll, ebenfalls vor wenigen Tagen tot aufgefunden wurde. Über das Motiv der Tat, den genauen Tathergang und weitere Verdächtige konnte die Polizei noch keine genaueren Angaben machen. Wir verweisen auf eine Sondersendung zum Tod der Romanceautorin heute um 19 Uhr in unserem regionalen TV-Programm.

Goselüschen schüttelte den Kopf und seufzte.

»Musste die Dünemann das gleich an die große Glocke hängen?« Maria runzelte die Stirn und bedachte ihren Kollegen mit einem Seitenblick.

»Äh, was sollte sie sonst tun? Warten, bis die Presse sich selbst alles zusammenreimt und uns hinterher wieder Inkompetenz unterstellt?«

»Hast ja recht. Trotzdem.«

»Ach komm, es war ja auch nichts wahnsinnig Neues. Das wurde doch eh schon seit Tagen vom Großteil der Hobbydetektive im Internet genau so vermutet, wie es sich jetzt darstellt.« Maria zog mit dem Wagen an einem Traktor vorbei. »Außerdem ist die

Springer eine Person öffentlichen Interesses, da steht hintenan, ob uns Presseerklärungen bei den Ermittlungen helfen oder eher behindern. Was wir in diesem Fall übrigens noch gar nicht beurteilen können.«

»Bislang hat uns die Öffentlichkeit nichts Nennenswertes gebracht. Nur die Aussage des Fischers, der zwei Leute etwa zur Zeit der Entführung gesehen haben will. Demnach können wir es schon beurteilen: Es bringt nichts.«

***

Es würde jemand in seinem Büro auf ihn warten, sagte ihm die Praktikantin seiner Agentur. Seit vier Wochen war sie für Botengänge und den ganzen Kleinkram zuständig, die zuvor eine festangestellte kaufmännische Mitarbeiterin erledigt hatte. Doch im Zuge der ernüchternden Zahlen, die seine Firma in den letzten Monaten schrieb, war Tom Feldmann nichts anderes übrig geblieben, als sie zu entlassen.

»Danke«, sagte er im Vorbeilaufen und war im ersten Moment überrascht, wer auf dem Kunststoffstuhl vor seinem Schreibtisch mit durchgedrücktem Rücken saß. »Moin, Herr Breitenfeld, schön Sie zu sehen. Was führt Sie her?« Er wusste genau, warum der Seniorchef des Verlagshauses zu ihm gekommen war, doch er wollte sich nicht zu früh in die Karten gucken lassen.

»Moin, Herr Feldmann«, erwiderte Hans Breitenfeld den Gruß und deutete an, aufzustehen.

»Bleiben Sie sitzen«, sagte Tom schnell, reichte dem Verleger die Hand und eilte um den Schreibtisch. Sein ausrangierter Bürostuhl reagierte mit einem bedrohlichen Knarzen, als er sich darauf fallen ließ. Der Literaturagent ignorierte das Aufbegehren seines Möbelstücks, stieß sich leicht nach hinten ab und schaute Breitenfeld in die Augen. Der traurige Blick des alten Mannes brachte Tom ins Zweifeln, ob er sich mit seinem überheblichen Getue einen Gefallen täte.

»Also?«, fragte er mit freundlicher Stimme.

»Die Nachricht vom Tod Isabells hat mich sehr getroffen.« Natürlich hat sie das, damit ist dir schließlich ein dicker Fisch durch die Lappen gegangen. Doch halt, mahnte sich Tom, der Typ schien es ernst zu meinen.

»Ja, das ist wirklich schlimm, dass hier so etwas Grausames passiert. Und dass es dann noch jemanden wie Isabell treffen musste. Sie hat doch nun wirklich keiner Fliege etwas zuleide getan. Der Typ muss wirklich verrückt gewesen.« Sie unterhielten sich ein paar Minuten über die verstorbene Schriftstellerin, ihre Unarten und ihre sympathischen Macken, lobten ihr Gefühl für die Sprache und den Rhythmus ihrer Texte, mit dem sie die Leserinnen geradezu mit einer Urgewalt an ihre Bücher zu fesseln vermochte.

»Wissen Sie schon, wer erbberechtigt ist?«, fragte Breitenfeld beiläufig. Endlich ließ er die Maske fallen. Tom einiges darauf gewettet, dass dies in den nächsten Minuten passieren würde. Er verkniff sich ein zufriedenes Lächeln.

»Leider nein. Aber die Staatsanwaltschaft hat ja auch heute erst ihren Tod bestätigt. Ich werde morgen mal Kontakt mit ihrem Anwalt aufnehmen, denn schließlich muss ich ja wissen, wie ich mit ihren Rechten verfahren soll.« Tom war klar, dass es Breitenfeld genau darum ging. Ihm konnte nicht entgangen sein, wie der Rummel in der Öffentlichkeit um die Entführung Isabell Springers den Verkauf ihrer Bücher ankurbelte. Kaum auszudenken, was die Nachricht ihrer Ermordung in den nächsten Wochen in den Buchhandlungen auslösen würde. Und natürlich war das Manuskript pures Gold wert, über dessen Verlegerrechte eigentlich verhandelt werden sollte, wäre Isabell zu dem Termin erschienen. Der Verlag, der das in naher Zukunft auf den Markt bringen würde, würde sich die komplette Marketingkampagne faktisch sparen können.

»Sie wissen, dass wir noch daran interessiert sind?« Breitenfeld setzte ein schiefes Lächeln auf, das sicher spitzbübisch anmuten sollte, auf Tom jedoch abstoßend fratzenhaft wirkte. »Vielleicht findet sich ein Weg, das ohne die Erben zu lösen.«

»Was meinen Sie damit?«, fragte Tom und hob seine Stimme etwas an. Er wollte ihr damit eine entrüstete Note verleihen, ohne jedoch übertrieben zu klingen, das würde ihm der Alte eh nicht abnehmen. »Etwa sowas wie einen kurzen Dienstweg? Dass ich mir quasi nachträglich eine rückwirkende Bevollmächtigung besorge? Sie meinen das, was die Anwälte als Urkundenfälschung bezeichnen?«

»Nein, nein«, erwiderte Breitenfeld lachend. »Ich meinte, ob Sie in Ihren Unterlagen nicht noch einmal ganz genau nachsehen wollen, ob sich dort nicht eine befindet.«

»Das glaube ich kaum.«

»Nicht so voreilig, mein lieber Tom. Ich könnte mir in so einem Fall durchaus vorstellen, dass der bereits an Sie gezahlte Vorschuss gar kein Vorschuss war, sondern eher eine Prämie. Exklusiv für Ihre Agentur.« Hatte der Alte ihm gerade einhunderttausend Euro angeboten, wenn er irgendwie den Vertrag mit ihm hin mauschelt? Bei einem solchen Betrag sollte er nicht kategorisch Nein sagen. Seine Gedanken wurden von Breitenfeld unterbrochen, der aufgestanden war und sich zum Gehen wandte. »Denken Sie drüber nach, Tom. Meine Nummer haben Sie. Und über die Vertragsmodalitäten können wir selbstverständlich noch einmal reden.« Sie schüttelten sich die Hände und Tom schaute dem älteren Mann hinterher, wie er mit würdevollen Schritten sein Büro verließ.

Breit grinsend holte er einen Tennisball aus der obersten Schublade seines Schreibtisches und begann, ihn wiederholt gegen die freie Wand neben diesem zu werfen und aufzufangen.

***

Sie bereiteten sich schon auf den Dienstschluss vor, da steckte eine Kollegin ihren Kopf in die Tür.

»Wir haben eine Meldung reinbekommen. Ganz frisch aus der Hansestadt. Wird euch sicher interessieren«, sagte Tanja und versuchte näselnd, den Hamburger Dialekt nachzuahmen.

»Was gibt es dabei so blöd zu grinsen? Spuck´s aus und gut is´«, ranzte Goselüschen sie an, konnte sein eigenes Grinsen dabei jedoch kaum unterdrücken.

»Nimm es nicht persönlich, Tanja.« Maria deutete mit dem Kopf auf ihren Kollegen. »*Es* wurde noch nicht gefüttert.«

»Deswegen halt ich ja auch Sicherheitsabstand«, entgegnete die junge Beamtin keck, ohne einen Fuß in den Raum zu setzen. »Also, aufgepasst: Euer Fahndungskunde Nummer Eins wurde in der Nähe des Hamburger Hauptbahnhofs aufgegriffen und nachdem die Kollegen seine Personalien mit der Fahndungsmeldung abgeglichen hatten, wurde er in Gewahrsam genommen. Er wird morgen früh hierher überstellt.«

»Harald Schwarzer?«

»So soll der Mann heißen, Gose, ja, und laut Foto und Dokumenten bestünde kein Zweifel daran.«

»Es geschehen noch Zeichen und Wunder«, ließ er verlauten und richtete das Wort an Maria. »Warst wohl in letzter Zeit wieder regelmäßig zum Gottesdienst, was?« Maria ignorierte seine Frage.

»Danke, Tanja. Das ist tatsächlich eine gute Nachricht zum Feierabend.«

»Sagt dein Bauchgefühl denn immer noch, dass er etwas damit zu tun hat? Ich meine, es deutet doch alles auf den Meister hin, und selbst, wenn er einen Partner hatte –.«

»Dann sicher nicht Harald Schwarzer?«, beendete sie seinen Satz, worauf er nickte. »Ich weiß es nicht. Aber fest steht, dass er die Springer trotz Verfügung weiter gestalkt hat – mit den Blumen und den Mails. Und er ist seit der Entführung wie vom Erdboden verschluckt gewesen. Glaubst du dabei wirklich an Zufall?«

»Ich glaube, dass es für alles eine Erklärung gibt und hoffe inständig, dass uns Schwarzer morgen weiterhelfen kann. Ich rechne allerdings nicht damit.«

»In diesem Sinne: Bis morgen.«

***

Nachdem Maria ihren Kater Pinky versorgt hatte, verzog sie sich mit einem Tee und einer Laugenstange auf das Sofa. Ihr ursprünglicher Plan sah vor, sich von einer seichten TV-Sendung berieseln zu lassen, bis sie die nötige Bettschwere erreicht haben würde, doch der Fall Springer und das morgen bevorstehende Verhör des Stalkers ließ sie nicht los. Sie sprang auf und ging zu ihrem Bücherregal, das sich über eine komplette Wohnzimmerwand erstreckte. Aus einem Meter Abstand überflog sie die Buchrücken.

»Schade«, sagte sie leise nach kurzem Suchen. Sie hatte gehofft, einen der Springertitel in ihrem Bestand zu haben, idealerweise ihr Thriller-Debüt, aus dem Sebastian das Tötungsvorgehen vorhergesagt hatte.

Doch Fehlanzeige. Sie schnappte sich ihren Reader und durchforstete ihre virtuellen Kindle- und Tolino-regale, doch auch dort fand sich der gesuchte Titel nicht. Ohne lange zu überlegen gab sie ihn in die Such-maske ein und kurz darauf war der Download des E-Books abgeschlossen.

Als sie das Cover betrachtete, fiel ihr zum ersten Mal bewusst das Logo des Breitenfeld-Verlags auf, ein dunkelroter Kreis, der ein schwarzes B umschloss. Das findet sich bestimmt auf zwanzig Prozent der Umschläge meiner Bücher wieder, da sieht man erst mal, wie groß der Verlag tatsächlich ist.

Ihre Kreditkarte wurde für den Kauf mit 7,49 € belastet. Ein ziemlich happiger Preis für einen zehn Jahre alten Titel, dachte sie und überflog die Beschrei-bung und die technischen Details. »Wow«, entfuhr es ihr, als sie bemerkte, dass sich der Titel aktuell unter den TOP 100 befand.

Sie warf einen Kontrollblick auf Pinky, der ihren Erstaunensausruf nicht gehört hatte oder ihn in seiner ihm eigenen, stoischen Art ignorierte und weiter zufrieden auf seiner Katzencouch vor sich hin schnurrte. Maria schüttelte sich ein paar Kissen auf, legte sie zurecht und fand schnell selbst eine bequeme Lage, um sich entspannt der Story zu widmen.

Zunächst wollte sie nur die Seiten überfliegen, bis es zur Entführung und Ermordung der Protagonistin käme. Die Protagonistin des Thrillers hieß Maria, was für eine leichte Gänsehaut auf ihren Unterarmen sorgte. Doch der Schreibstil Springers packte Maria schon bei den ersten Sätzen, sodass sie die komplette Geschichte Zeile für Zeile aufsog, fast inhalierte. Gerade die dramatischen Szenen während der Verschleppung und vor allem die Folter mit anschließender Ermordung und Verbrennung der Leiche waren sehr plastisch beschrieben und ließen Maria die Ängste und Schmerzen ihrer Namensvetterin im Buch fast körperlich miterleben. »Ich hoffe nur, dass Isabell Springer nicht so leiden musste«, flüsterte sie, nachdem sie die Foltersequenz abgeschlossen hatte. Sämtliche Dinge, die der Stalker der Maria im Thriller angetan hatte, standen in seinem kranken Kopf für eine emotionale Verbindung zwischen ihm und seinem Opfer. So schnitt er ihr den Ringfinger ab, damit sie keine Bindung mehr mit jemand anderem eingehen könnte. Ebenso stach er ihr die Augen aus, damit sie niemanden mehr ansehen könnte, verstümmelte ihre Brüste und Genitalien, damit sie sich niemandem mehr hingeben könnte. Immer fragte er sie vorher, ob sie ihn jetzt lieben würde. Was sie jedes Mal, trotz der Panik und der Schmerzen, verneinte, bis er ihr schließlich ein Messer ins Herz stieß, womit er das ultimative Zeichen gesetzt hatte. Im Anschluss verfrachtete er ihre Überreste in die Brennkammer des Krematoriums, in dem dieses bestialische Schauspiel stattfand. Während die Flammen die Schriftstellerin Maria zu einem Häuflein Asche pulverisierten, reinigte er sorgfältig die Boden- und Wandfliesen vom Blut, anderen Körperflüssigkeiten und Gewebefetzen seines Opfers – unweigerlich musste sie an den Autopsieraum von

Dr. Hallig denken, worauf sie sich schüttelte – und hinterließ so keine verwertbaren Spuren für die Polizei. Später im Buch erfuhr Maria, dass der Mörder die Cops selbst auf seine Fährte gebracht hatte, weil er mit seiner bestialischen Tat nicht mehr leben konnte. »Aber die Eier, dich einfach zu stellen, hast du nicht, du Arsch!«, warf Maria dem Antagonisten im Buch an den Kopf, nachdem er im finalen Schusswechsel den jüngeren der beiden Ermittler getötet hatte und gerade selbst am Verbluten war.

Sebastian hatte recht behalten. Es war in der Tat ein höchst befremdliches Gefühl, wenn man sich die Parallelen zwischen dem Buch und den Vorkommnissen um Isabell Springer vor Augen führte. Allerdings gab es auch deutliche Unterschiede. So wurde die Buch-Maria komplett anders charakterisiert, als die Springer ihnen von allen beschrieben wurde. Und vor allem hatte die Buch-Maria früh die Polizei eingeschaltet, die jedoch trotz ihrer Ermittlungen nicht rechtzeitig eingreifen konnte. Von Isabell Springer hingegen gab es nach der Unterlassungsklage gegen Schwarzer keinen weiteren bekannten Kontakt zur Polizei und auch ihre Haushälterin, ihr Noch-Ehemann oder ihr Agent waren nicht über weitere Details informiert. Kurz dachte Maria daran, dass die Springer selbst sich in die Rolle ihrer eigenen Protagonistin eingefügt hatte. Niemand wusste schließlich, wie es gesundheitlich um sie bestellt war. Vielleicht hatte sie über die Jahre der relativen Einsamkeit eine Art Schizophrenie oder eine andere psychische Störung entwickelt. Und da ihrer

Romanfigur nicht geholfen werden konnte, schloss sie es möglicherweise für sich selbst ebenfalls aus und ergab sich ihrem Schicksal. Ein Schauer lief ihr über den Rücken. Was ist denn, wenn die Springer jemanden engagiert hat, um sie genau nach ihrem eigenen Buch zu ermorden? Aus welchen kranken Gründen auch immer?

Maria schloss die Buchdatei und legte ihren Reader zur Seite. Sie schaute an die Decke und beobachtete eine Weile, wie eine vielleicht daumennagelgroße Spinne ihr Netz zwischen der Lampe und der Gardinenstange befestigte. Interessiert folgte sie den emsigen Bewegungen des Insekts, was sie spürbar beruhigte. Eine Viertelstunde später hatte sie jedoch genug gesehen und verzog sich ins Bett.

Kapitel 13

Pünktlich um 10 Uhr trafen die Hamburger Kollegen mit ihrer menschlichen Fracht ein. Während sich Goselüschen mit den Beamten um die Formalitäten kümmerte und ihnen hinterher noch ein Frühstück im Café gegenüber in Aussicht stellte, brachte Maria mit Waldners Unterstützung den Verdächtigen in das Vernehmungszimmer, in dem sie gestern noch Konrad Breitenfeld verhört hatten.

Sein Gesicht war blass, etwas aufgedunsen und wies ähnliche Spuren von Verletzungen auf, wie sie es bei Breitenfeld gesehen hatten. Nur waren die hier schon ein paar Tage älter. Insgesamt machte Harald Schwarzer einen kränklichen, fast schon jämmerlichen Eindruck auf Maria. Sie schob ihm ein Glas Wasser hin, nachdem sie sich gesetzt hatten, und verlas den obligatorischen Aufklärungstext, bevor sie ihre erste Frage stellte:

»Herr Schwarzer, was wollten Sie in Hamburg?«

»Urlaub machen«, sagte er mit krächzender Stimme. Sein Blick wanderte durch den Raum. »Ist das verboten?«

»Natürlich nicht. Es sei denn, man steht auf der polizeilichen Fahndungsliste, so wie Sie.«

»Ich hab nichts verbrochen. Keine Ahnung, was Sie von mir wollen.« Seine Entrüstung wirkte aufgesetzt, in Marias Ohren hörte sich seine Stimme eher ängstlich an.

»Ich denke, Sie wissen ganz genau, was wir von Ihnen wollen.«

»Sie glauben, dass ich Isabell entführt und ermordet habe. Aber das stimmt nicht. Ich habe sie geliebt – liebe sie immer noch.« Tränen schossen aus seinen Augen und seine Stimme brach. Ein plötzliches Klopfen an der Tür ließ ihn zusammenzucken. Goselüschen trat ein und nahm den dritten Stuhl auf der Seite der Videokamera in Beschlag.

»Die beiden wollten nur einen schnellen Kaffee«, sagte er, als müsste er erklären, warum er schon da war. »Sie verzichten auf ein gesponsortes Frühstück, ist das zu fassen?« Maria schüttelte kaum sichtbar den Kopf und fasste das bisher Gesprochene kurz für ihn zusammen.

»Nun, Herr Schwarzer, für uns stellt sich das etwas anders dar«, sagte Waldner, nachdem sich Goselüschen zu ihnen an den Tisch gesetzt hatte. »Seit Jahren machen Sie Frau Springer Avancen. Selbst eine Unterlassungsverfügung hinderte Sie nicht daran, die Frau weiterhin zu belästigen. Und als sie Ihnen nach all der Zeit immer noch nicht entgegenkam, schlug Ihre große Liebe in Hass um und Sie beschlossen, sie zu entführen, zu foltern und umzubringen.«

»Nein, nein, das stimmt alles nicht!« Sein Schluchzen hallte im Raum wider.

»Und um dem Ganzen die Krone aufzusetzen, bedienten Sie sich als Vorlage für Ihren kranken Plan beim ersten Buch der Autorin«, ergänzte Goselüschen.

»Nein, das stimmt doch nicht«, wimmerte Harald Schwarzer und sackte in sich zusammen. »Ich könnte Isabell kein Haar krümmen.«

»Sie hören, dass sich meine beiden Kollegen schon ziemlich sicher sind, was sich abgespielt hat. Ich hingegen möchte wissen, was Sie zu sagen haben«, sagte Maria mit aufrichtig klingender Stimme. Sie reichte ihm ein Taschentuch, das er dankend entgegennahm und ausgiebig benutzte.

»Es stimmt, dass ich mich ihr nicht nähern durfte, leider. Und ich habe mich meistens daran gehalten.«

»Was meinen Sie damit? Meistens?«

»Nun, ich habe jedes Mal, wenn ich ihr Rosen gebracht habe – Isabell liebt Rosen, das weiß ich aus ihrem dritten Buch, stand am Ende drin – also ich hab da jedes Mal abgewartet und geguckt, ob sie zu Hause ist. Und ich hab die Blumen nur vor die Tür gelegt, wenn ich Isabell nicht sehen konnte. Das ging solange gut, bis –.«

»Ja?«

»Nichts. Ich –.«

»Verarschen Sie uns nicht!«, fuhr Goselüschen ihn an, während er vom Stuhl aufsprang und sich über den Tisch neigte. Maria sah aus dem Augenwinkel, dass Waldner ein Grinsen unterdrückte. Selbst erging es ihr ähnlich, wie es wahrscheinlich auch den meisten Befragten ergehen würde, denn Goselüschen wirkte mit seinen gerade mal 1,70 Meter und leichtem Übergewicht nicht gerade einschüchternd. Das dachte sie jedenfalls, denn auf Schwarzer hatte Goselüschens Einlage sehr wohl den gewünschten Effekt. Dieser zuckte zusammen und fuhr kleinlaut fort.

»Also, das ging solange, bis mich dieser riesige Kerl dabei gesehen hat.«

»Welcher riesige Kerl und wobei gesehen hat?«, setzte Goselüschen nach, nur etwas weniger laut. Er wirkte zufrieden auf Maria.

»Ich habe ihr die Rosen hingelegt, da stand er auf einmal hinter mir. Es war, als hätte sich die Sonne verdunkelt, als er sich vor mir aufgebaut hat. Er sagte mir mit ganz leiser Stimme, dass er Bescheid wüsste. Dass ich ein perverser Spanner und Stalker sei.« Sie sahen, wie Schwarzer mit einem Mal am ganzen Körper zitterte. »Dann kam er mit seinem Mund ganz dich an mein Ohr und flüsterte, dass er mich fertigmachen würde, sollte er mich noch einmal in der Nähe des Hauses oder überhaupt nochmal irgendwo sehen.« Langsam hob Schwarzer den Kopf, drehte ihn etwas nach links, schaute zu Maria und zeigte auf sein Jochbein, das noch grün von einem älteren Bluterguss gezeichnet war. »Das hat er mir als Warnung mitgegeben, dass er es ernst meinen würde.«

»Und Sie dachten, das wäre Isabells neuer Freund, sind enttäuscht und verwirrt nach Hause gefahren. Doch je mehr Sie darüber nachdachten, umso zorniger wurden Sie und schließlich haben Sie beschlossen, Isabell zu bestrafen und umzubringen.« Maria hatte

Schwarzer beobachtet, während Waldner seine Mutmaßung formulierte. Doch der Stalker schüttelte nur den Kopf, erst langsam, dann immer energischer.

»Nein, ich bin nach Hause gefahren und seitdem war ich nie wieder in der Nähe des Hauses.«

»Wann war die Begegnung mit diesem Mann? Wissen Sie, wer das war?«

»Nein, ich habe ihn nie zuvor gesehen. Das war ungefähr eine Woche vor ihrer Entführung.« Maria schaute zu ihren Kollegen, denen das Ganze offenbar ebenso seltsam vorkam. Sie zog ein Foto aus der Tasche und schob es zu Schwarzer.

»Was es dieser Mann?« Die Augen des Stalkers wurden groß und es war, als wäre er noch blasser geworden, als er sowieso schon war.

»Ja«, sagte er und schluckte. »Wer ist das?« Maria steckte das Bild wieder in ihre Tasche.

»Das ist erstmal unerheblich. Kommen wir zu den E-Mails, die Sie Frau Springer geschickt haben.« Schwarzer nestelte an seinem T-Shirt und senkte den Blick.

»Welche E-Mails?«, fragte er ahnungslos.

»Kommen Sie, Schwarzer«, polterte Goselüschen, »sind wir über diese Spielchen nicht hinaus? Wir wissen, dass Sie die von verschiedenen Internetcafés aus verschickt haben, damit man sie nicht zurückverfolgen kann.«

»Ich habe keine –.«

»Mit Ihren Initialen zu unterschreiben und sich nicht zu vergewissern, ob die Cafés eine Videoüberwachung haben, war eher nicht so clever«, unterbrach er ihn.

»Ist ja auch egal, jetzt wo sie tot ist«, sagte er resigniert. »Ja, ich habe ihr die Mails geschickt.«

»Aber warum haben Sie sie darin bedroht? Dachten Sie wirklich, das würde funktionieren?«, wollte Maria wissen.

»Wie, bedroht? Ich habe sie doch nicht bedroht, oh mein Gott.« Maria öffnete den Ordner, der vor ihr auf dem Tisch lag, und zog eine Handvoll Zettel hervor, die von einer Büroklammer zusammengehalten wurden. Sie löste die Klammer und reichte Schwarzer die Ausdrucke. Zögernd nahm er sie und blätterte die Briefe langsam durch. Bis er den drittletzten Brief sah. »Der ... der ist nicht von mir!« Er überflog die nächsten beiden und riss die Augen auf. »Die hier auch nicht! Was zum Teufel ist hier los?«

Das fragten sich die drei Polizisten auch. Sie hatten die Vernehmung beendet und entschieden, Schwarzer zumindest bis zum Abend in Gewahrsam zu behalten. Mit den vorliegenden Fakten und den daraus resultierenden Vermutungen würden sie die Staatsanwaltschaft mit Sicherheit nicht davon überzeugen können, einen Haftbeschluss gegen den Stalker zu erlassen. Ihnen blieben also noch gut zehn Stunden Zeit, etwas Belastendes gegen ihn zu finden, auch wenn Maria dahingehend wenig Hoffnung hatte.

***

Sebastian hatte gerade die Bestätigung dafür erhalten, dass sich Harald Schwarzer bei mindestens einer der fraglichen Drohmails nicht in dem Internetcafé aufgehalten hatte, aus dem sie versandt wurde, und auch für den Todeszeitpunkt, beziehungsweise für den Zeitraum des Brandes konnte er ein glaubwürdiges Alibi vorweisen. Für den Abholzeitpunkt des Bootes und den der Entführung jedoch nicht. Allerdings konnte der Bootsverleiher mit dem Foto Schwarzers nichts anfangen und fügte auf Nachfrage der Polizisten hinzu, dass er eh keine Erinnerung mehr an den Mann hätte, der das betreffende Boot abgeholt hat, da sie an diesem Tag sehr viel Publikumsverkehr gehabt hätten. Sebastian zuckte mit den Schultern, als müsste er sich dafür entschuldigen.

»Dafür kannst du ja nichts«, sagte Maria. »Du bist schließlich nur der Überbringer der schlechten Nachricht.«

»Der in der Antike gern mal dafür geköpft wurde.«

»Glück gehabt, Basti, leider dürfen wir heute nicht mehr zu diesen hochwirksamen Maßnahmen greifen.« Sie nahmen es sportlich, was anderes blieb ihnen auch nicht übrig.

»Damit scheidet er als Täter und als Helfer Meisters definitiv aus und wir können ihn laufen lassen. Was hast du noch über den Meister beziehungsweise über sein Umfeld herausgefunden, Kalle?«

»Nichts wirklich Hilfreiches«, erklärte Waldner, der dem kleinen Wortgefecht zuvor belustigt gefolgt war. »Jeder, den wir gefragt haben, bestätigt, dass er ein absoluter Einzelgänger war. Seien es sein Vermieter, die Nachbarn, die Verkäuferinnen im Supermarkt um die Ecke oder der Betreiber des Kiosks, an dem er sich öfter mal `ne Pulle Schnaps gekauft hat. Er wurde nie in Begleitung gesehen und niemand hat je mitbekommen, dass er Besuch gehabt hätte. Aus seiner Wohnung hörten sie meist laute Rapmucke oder den Sound von irgendwelchen Ego-Shootern, die er wohl häufig gezockt hat. Davon haben wir auch einige in seiner Bude sichergestellt, zusammen mit etlichen nicht registrierten Waffen.« Er wedelte mit der Hand vor seinem Gesicht. »Ihr glaubt nicht, wie das da gestunken hat – ein Pumakäfig ist dagegen `ne Douglas-Filiale.«

Kapitel 14

Bereits am Tag des Verschwindens Isabell Springers hatte die Spurensicherung den Kalender der Autorin sichergestellt, in dem Maria bei der Durchsicht am darauffolgenden Tag einen sechs Monate zurückliegenden Termin bei einem Notar namens Schmidt entdeckt hatte. Vor vier Tagen hatten sie schließlich den Mann am Telefon, bei dem die Verstorbene ihr Testament hinterlegt hatte – er wäre wegen eines Auslandsaufenthaltes nicht vorher erreichbar gewesen, erklärte er und Maria meinte, sein Augenzwinkern durch das Telefon spüren zu können. Offensichtlich wollte er nicht, dass jemand wusste, wo er sich die letzten Wochen herumgetrieben hatte. Geht mich auch nichts an und ist mir völlig egal, und wenn er in der stationären Psychiatrie oder einer Entzugsklinik gewesen sein sollte, das ist nicht meine Baustelle.

»Aber selbstverständlich können wir das so machen«, hatte er auf Marias Vorschlag geantwortet. »Wenn es Ihnen hilft, die Sache aufzuklären, gern. Ich sehe dabei kein juristisches Problem. Meine Mandantin ist schließlich verstorben und somit verstoße ich damit nicht gegen ihre Rechte. Im Gegenteil: Ich denke, Sie hätte es sogar begrüßt.«

»Vielen Dank, Herr Schmidt, mein Kollege wird dann pünktlich bei Ihnen aufschlagen.«

***

Maria erwartete vom heutigen Tag, dass er entweder den entscheidenden Impuls zur Klärung des Falles liefern oder das ergebnislose Ende der Ermittlungen bringen würde. Ihr Team und sie traten seit Tagen auf der Stelle. Sie hatten keine neuen Erkenntnisse gewinnen können, wer der Komplize Karl Meisters gewesen war und wer ihn umgebracht hatte. Wobei sie davon ausgingen, dass es sich dabei um ein und dieselbe Person handeln dürfte.

Gebannt saßen sie nun in einem Lieferwagen, dessen getönte Scheiben verhinderten, dass man sie von außen sehen konnte, wie sie drinnen mit jeweils einem Headset auf dem Kopf vor dem technischen Überwachungsgerät saßen.

»Hoffentlich klappt das auch alles.«

»Warum sollte es das nicht, Gose? Basti hat uns doch mehr als einmal genau eingewiesen.«

»Mir wäre es trotzdem lieber, wenn er hier sitzen würde.« Maria sah ihn prüfend an und neigte leicht den Kopf.

»Du hast keine Sorge, dass die Technik versagt, du hast Schiss, dass Basti es drinnen versaut.« Sie deutete mit dem Kopf in Richtung des Gebäudes, in dem Notar Schmidt seine Räume hatte. In einem davon saß Sebastian. »Du spinnst doch. Er hat längst gezeigt, was er drauf hat.«

»Is´ ja gut«, grummelte Goselüschen und hob dann plötzlich eine Hand. »Es geht los.«

***

Notar Schmidt öffnete die breite Eichenholztür, die mit einem leisen Quietschen aufschwang. Er setzte einen, dem Anlass entsprechenden, ernsten Blick auf, als er die Wartenden auf dem Korridor begrüßte.

»Ich freue mich, dass Sie es alle pünktlich zu diesem Termin geschafft haben.« Er trat zur Seite und machte eine einladende Handbewegung. »Bitte kommen Sie herein und nehmen Sie auf den Stühlen vor dem Schreibtisch Platz.«

Miteinander murmelnd kamen die mutmaßlichen Erben Isabell Springers der Bitte Schmidts nach und verteilten sich auf die gepolsterten Stühle, deren gedrechselte Armstützen und Lehnen dieselbe Struktur aufwiesen wie der massive Schreibtisch, der sie jetzt vom Notar trennte. Er deutete auf einen nervös wirkenden Mann, der rechts neben ihm vor einem Fenster saß.

»Das ist mein Praktikant Sebastian, er wird sich das heute einmal mit ansehen.« Sebastian nickte den Anwesenden knapp zu, wobei die ihn nicht beachteten. Ausnahmslos alle Augenpaare waren auf den Notar gerichtet, der beide Hände auf einen Ordner aus rotem Karton legte. »Zuerst müsste ich bitte alle Anwesenden außer Herrn Feldmann und Herrn Springer, die mir persönlich bekannt sind, um die Vorlage Ihrer Personalausweise bitten, damit ich Sie verifizieren kann.« Die Angesprochenen holten ihre Papiere heraus und übergaben sie zum Abgleich an den Notar, während sich Tom Feldmann und Simon Springer schulterzuckend ansahen. Bereits auf dem Flur hatte es den getrennt lebenden Ehemann der Schriftstellerin gewundert, wen er hier alles antraf.

»Wie kommt es, dass Sie hier sind, und vor allem, was will die hier?«, hatte Sebastian ihn vorhin zum Agenten seiner Frau zischen hören, als er möglichst unauffällig an ihnen vorbei in den Besprechungsraum gegangen war.

»Warum fragst du mich das? Ich hab keine Ahnung, was deine Ex geritten hat, uns hier antanzen zu lassen! Zu holen ist doch eh nichts«, war die Antwort des Literaturagenten, der sehr genervt wirkte. Ob wegen des Termins oder wegen des Kontakts mit Simon Springer konnte Sebastian nicht ersehen.

Der Notar räusperte sich und stand auf.

»Ich eröffne hiermit die Verlesung des am 15. März diesen Jahres verfassten, letzten Willens von Isabell Maria Springer, geborene Schulz, deren Tod am 19. August diesen Jahres amtlich festgestellt wurde.« Das Schniefen einer der Anwesenden unterbrach ihn kurz, was Simon Springer dazu ermunterte, seinen Unmut flüsternd zu verkünden:

»Eine Woche nachdem sie mich rausgeworfen hat.«

»Alle Erbberechtigten haben sich vorab verpflichtet, das Erbe anzunehmen, unabhängig davon, ob es einen geldwerten Gewinn oder Verlust darstellen wird.« Sebastian sah, wie der Notar der Reihe nach die Erben anschaute, die verunsichert schienen, was sie erwartete. Wobei ihn am meisten das Erscheinen Simon Springers verwunderte, der doch schließlich am ehesten von allen Anwesenden hätte wissen müssen, dass es finanziell nicht gerade zum Besten um sie bestellt war. Er nestelte an seinem Kragen, damit der dort befestigte Sender die Signale klar in den Überwachungswagen zu Maria und Goselüschen übertragen würde.

»Könnten Sie bitte kurz warten?«, fragte die schniefende Frau und wühlte, ohne seine Antwort abzuwarten, in ihrer Handtasche nach frischen Taschentüchern, von denen sie eines lautstark benutzte. »Danke.« Schmidt nickte und fuhr fort, indem er die Frau als Erstes ansprach.

»Frau Margitta Schulz, Sie vertreten hier sich und Ihren Mann Günter Schulz. Sie sind die leiblichen Eltern der Verstorbenen.«

»Ja«, sagte sie mit brüchiger Stimme. Sebastian erschauderte, denn selbst er spürte, dass es der Frau völlig gleichgültig zu sein schien, dass es hier um ihre verstorbene Tochter ging. Sie benahm sich schon im Flur total aufgesetzt und führte das hier nahtlos fort.

»Ihnen beiden stehen aus einer Lebensversicherung der Verstorbenen 30.000 Euro zu.« Er blätterte um und wandte sich an Simon Springer.

»Was? Kommt da nichts mehr? Ist das etwa alles?«, keifte Margitta Schulz und ausnahmslos alle anderen im Raum überkam ein massives Fremdschämen.

»Dürfte ich bitte weitermachen?«, forderte Schmidt mehr, als es zu fragen. Die Mutter der Autorin verschränkte die Arme vor der Brust und sah demonstrativ an Sebastian vorbei aus dem Fenster. Nette Person, ich werde nie wieder ein schlechtes Wort über meine Mom fallen lassen, nahm er sich vor.

»Pff ...«, machte sie nur.

»Simon Springer erhält die Eigentumsrechte der zweiten Hälfte des gemeinsamen Strandhauses. Die ersten 50 % stehen ihm laut Grundbucheintrag bereits zu. Für die Hypotheken in Gesamthöhe von 270.000 Euro wird er hiermit Alleinschuldner. Ebenso fallen das gesamte Mobiliar und alle dinglichen Eigentumsgegenstände an Sie.« Er warf einen kurzen Blick über den Rand seiner Brille zu dem Ehemann der Verstorbenen. Sebastian stockte der Atem. Hatte sich der Springer damit gerade mächtig verzockt? Wobei, nein, die Hütte war doch sicher `ne Million wert, nachdem, was sie recherchiert hatten. Also egal wie, er kam doch fein raus aus der Nummer. Der Notar guckte wieder auf das Schriftstück und fuhr fort: »Des Weiteren fallen 70.000 Euro aus der Lebensversicherung an ihn und das Guthaben des laufenden Girokontos, das mit heutigem Datum 1.534,78 Euro aufweist.« Das selbstzufriedene Grinsen Simon Springers stand im krassen Kontrast zu dem empörten Gesichtsausdruck der neben ihm sitzenden Schwiegermutter. Sebastian war gleichzeitig fasziniert und abgestoßen. Tom Feldmann neigte den Kopf zum Witwer und flüsterte:

»Glückwunsch zum Lexus.«

»Danke, aber der ist geleast«, sagte Simon Springer und schaute nach rechts zu der Frau, auf die der Notar jetzt seinen Blick gerichtet hatte und sie ansprach.

***

Die Funkverbindung übertrug jedes Wort mit einer Deutlichkeit an Goselüschen und Maria, als würden sie neben Sebastian mit den Erben im selben Raum sitzen.

»Sehr aufschlussreich bis jetzt«, sagte Goselüschen. »So eine Mutter braucht auch niemand geschenkt.«

»Die ist unerträglich«, stimmte Maria ihm zu, bedeutete ihm dann mit erhobener Hand, ruhig zu sein. »Es geht weiter.«

Sie hörten das Rascheln von Papier, wahrscheinlich blätterte der Notar in seinen Unterlagen, dann erklang seine Stimme:

»Frau Penélope Juanita Martinez, Ihnen stehen mit Wirkung vom offiziellen Todestag Isabell Springers an sämtliche Tantiemenansprüche aus ihren bisherigen Veröffentlichungen zu und auch die weiteren Verwertungsrechte dieser Titel.«

»Ich verstehe nicht«, hörten sie die Mexikanerin mit unsicherer Stimme sagen.

»Das bedeutet, du brauchst dir erstmal keinen neuen Job suchen«, sagte Simon Springer zu ihr. »Die nächsten Monate hast du ausgesorgt.« Sie hörten ein Lachen über ihre Mikrofone und dachten erst, es käme ebenfalls von Simon Springer, doch es war Tom Feldmann, der nach seinem Lacher weitersprach:

»Monate? Sie hat lebenslang ausgesorgt.«

»Das ist doch alles eine Farce hier!«, empörte sich Margitta Schulz. »Wir werden das nicht akzeptieren!« Der Notar räusperte sich, langsam kehrte wieder Ruhe ein.

»Frau Schulz, Ihnen stehen alle Möglichkeiten offen, das Testament Ihrer Tochter anzufechten«, klärte er sie auf. »Dazu möchte ich Ihnen zwei Dinge zu bedenken geben: Erstens drückt dieses Testament den Wunsch Ihrer Tochter aus und zweitens versichere ich Ihnen, dass Ihre Chancen vor Gericht, mehr für sich selbst herauszuschlagen, gegen Null tendieren.«

»Das werden wir ja sehen«, zischte sie. Goselüschen schaute zu Maria, die angewidert das Gesicht verzog.

»Als Letztes kommen wir zu Ihnen, Herr Feldmann.«

»Ich bin ja gespannt, was Sie jetzt noch aus dem Hut zaubern werden«, sagte er. Seinem Ton nach zu urteilen schien ihn diese Veranstaltung sehr zu unterhalten.

»Herr Tomas Phillip Feldmann erhält die Verwertungsrechte an noch nicht veröffentlichten Manuskripten von Isabell Springer. Dazu gehen ihr Laptop und die externe Festplatte, auf denen sämtliche Dateien gespeichert sind, ebenfalls in sein Eigentum über.«

»Was?«, fragte Tom und aufgrund des anschließenden Zischgeräusches blieb für die Zuhörenden im Übertragungswagen als einziger Schluss, dass der Literaturagent gerade Schnappatmung bekommen hatte.

»Geht es Ihnen gut?«, fragte Notar Schmidt mit besorgter Stimme. Sie hörten ein lautes Ausatmen und kurz darauf sagte Tom mit belegter Stimme, dass es schon ginge, er nur gerade Atemprobleme hätte, was wohl am Stress liegen würde.

***

Sebastian war aufgesprungen und wollte zu Feldmann eilen, um erste Hilfe zu leisten, da zog der Mann schon ein Spray aus seiner Jackentasche und schoss sich zwei Hübe in den Mund. Binnen Sekunden sah er wieder frisch und munter aus. Wahrscheinlich Asthmatiker, dachte Sebastian und nahm wieder in seiner Ecke Platz.

Für den jungen Polizisten war das sehr aufregend und er freute sich schon darauf, Maria und den anderen seine Eindrücke zu vermitteln, die er von den Erben gewonnen hatte. Ja, er fühlte sich schon wichtig im Moment. Er dachte, die Eröffnung des Testaments wäre beendet, da erhob sich der Notar erneut und forderte Ruhe ein.

»Werte Damen und Herren, Frau Isabell Springer hat im Zuge ihres Testaments verfügt, dass ich Ihnen noch einige Worte von ihr zukommen lasse.« Sofort begannen die Anwesenden, untereinander zu tuscheln, was Notar Schmidt mit einer Handbewegung unterband.

Moin an euch Hinterbliebene.

Wenn ihr das jetzt hört, werde ich nicht mehr unter euch weilen. Und das ist gut so, denn mir fehlt die Kraft, mich diesem sinnlosen Leben weiter zu stellen. Dieses ist jetzt die vierte Ver-

sion meines Testaments, tut mir leid, Herr Schmidt, dass ich Sie damit so oft belästigt habe, doch ich wollte es stets meiner aktuellen Gefühlslage angepasst wissen.

Mutter und Vater, wer von euch beiden hat es hier her geschafft? Ich vermute du, Mutter, Vater ist sicher gerade zu beschäftigt. Ihr wart nie für mich da, habt mich als Ballast angesehen und mich auch so behandelt. Habt euch ins Ausland abgesetzt, kaum dass ich volljährig geworden war. Ich bin euch nicht mehr böse deswegen, aber seht mir nach, dass mir andere Menschen wichtiger sind, denen ich mit einem Lächeln im Herzen mein Vermögen hinterlasse.

Vor gut einer Woche habe ich mich von dir, Simon, getrennt. Die Beweggründe, die weit in die Vergangenheit zurückreichen, habe ich dir hinlänglich erklärt. Da du mir früher jedoch eine wahrhaft entscheidende Hilfe warst und mich stets unterstütztest, soll dir das Strandhaus gehören, in dem du dich wohler gefühlt hast, als ich es jemals konnte.

Tom, du hast an meine Manuskripte geglaubt, als kein Verlag mehr an mich geglaubt hat. Du hast mir vertraut, dass ich jemals weder plagiiert noch anderer Autorinnen Ideen gestohlen habe. Was ich auch niemals tat. Nur manchmal nehmen gewisse Dinge eine Eigendynamik an, an deren Ende es so gut wie unmöglich ist, zwischen schwarz und weiß eindeutig zu unterscheiden. Und obwohl es um deine Agentur nicht zum Besten stand und ich als Klientin deinen Ruf belastete, gabst du alles für mich und deine anderen Klienten, auch wenn am Ende oft kaum etwas dabei für dich heraussprang. Ich hoffe, mein letztes Manuskript wird dich aus deiner finanziellen Schieflage befreien. Das eine oder andere aus meiner Schublade wirst du sicher ebenfalls gut für dich verwerten können.

Penélope, du Seele meines Hauses: Du hast mich aufgefangen und aufgebaut, wenn du mich – wie so oft – aus Verzweiflung und Hoffnungslosigkeit auf der Terrasse weinend vorgefunden hast. Du hast mir die Kraft gegeben, den nächsten Tag erleben zu wollen, meiner Zukunft eine Chance zu geben und dafür alles und jeden stehen und liegen gelassen. Selbst wenn ich dich mitten in der Nacht anrief, das Röhrchen mit den Schlaftabletten in der Hand, warst du innerhalb einer Viertelstunde da, um mich zu retten. Doch nun bist du von dieser Aufgabe, die dich sicher sehr gefordert hat, befreit. Und ich hoffe, dass du mit deinem Anteil das machst, wovon du mir immer vorgeschwärmt hast, und das du nur vor dir hergeschoben hast, weil du mich nicht allein lassen konntest. Du warst eine wahre Freundin.

Eure Isabell

***

Sie sahen, wie sich die breite Doppeltür öffnete, die Mutter Isabell Springers mit wütender Miene herauskam und ohne einen Blick zurück in Richtung des Parkplatzes verschwand. Kurz darauf folgten Simon Springer und Tom Feldmann, die sich nach einem kurzen Wortwechsel auf die Schulter klopften und in entgegengesetzter Richtung fortgingen. Direkt dahinter trat Penélope Martinez nach draußen. Selbst aus der Entfernung und durch die getönten Scheiben hindurch konnte Maria das verheulte Gesicht der Mexikanerin erkennen. Einen Moment darauf lief Sebastian an ihr vorbei und nickte ihr kurz zu, was sie erwiderte. Dann ging sie links hinunter und entfernte sich damit von Maria und Goselüschen, während Sebastian auf den Lieferwagen zukam. Mit einem Krachen fiel die Schiebetür ins Schloss. Die beiden schauten neugierig zu ihrem jungen Kollegen.

»Das war `ne gute Show«, sagte Sebastian und setzte sich den beiden gegenüber in den hinteren Bereich des Überwachungswagens.

»Mit einem überraschenden Finale«, ergänzte Maria. »Aber nun erzähl.«

»Konntet ihr alles verstehen?« Beide nickten.

»Klar und deutlich, jedes Wort«, antwortete Goselüschen.

»Gut. Okay, ihr wollt was hören. Also, entweder sind das durch die Bank hervorragende Schauspieler oder Lügner oder von denen wusste wirklich keiner, was sie heute hier erwartete.« Er machte eine kurze Pause, als ob er nachdenken müsste. »Einzig ihr Mann, der Simon Springer, schien sehr abgeklärt zu sein, als ob er mit der Verteilung so gerechnet hatte, wie sie dann eingetroffen ist. Mit der Anwesenheit der Haushälterin hatte er aber wohl nicht gerechnet, zumindest kam er mir auf dem Korridor ziemlich überrumpelt davon vor, aber das alles ist nur mein Gefühl.«

»Wie haben die Leute auf den Abschiedsbrief reagiert?«

»Der Agent und die Haushälterin hatten Tränen in den Augen, ihr Mann schien desinteressiert gewesen zu sein, er schaute nur im Zimmer herum und ihre Mutter – oh mein Gott, was für eine schreckliche Person – die saß die ganze Zeit da wie ein bockiges

Kleinkind und ist am Ende auch wort- und grußlos abgedampft, während sich alle anderen zumindest mit einem Handschlag verabschiedet haben.«

»Ja, die Martinez sah eben noch total verheult aus, als sie nach draußen ging«, bestätigte Maria. »Und über ihre Mutter brauchen wir wohl kein weiteres Wort verlieren. Aber dieser Abschiedsbrief! Hallo? Was war das denn?« Bis zum Verlesen erschien Maria die Testamentseröffnung noch recht nachvollziehbar. Gut, sie hätte jetzt eher mit etwas mehr Geld für die Eltern und eventuell noch mit einer überraschenden Freundin, die ihnen bislang unbekannt war, gerechnet, und nicht, dass ihr Agent und ihre Haushälterin einen großen Brocken abbekommen würden. Wobei man das natürlich im Moment noch nicht abschätzen konnte, um welche Summen es dabei nachher gehen würde. Aber die Begründung dafür lieferte Isabell Springer ja mit ihren letzten Worten. Was soweit für Maria auch nachvollziehbar war, unter dem neugewonnenen Aspekt, dass die Autorin wohl unter Depressionen litt und stark suizidgefährdet gewesen war.

»Ich denke auch, dass das die ganze Entführung unter einem ganz anderen Licht erscheinen lässt«, pflichtete Goselüschen ihr bei.

»Ihr meint also, es war ein Selbstmord? Wie passt das aber mit dem Meister zusammen?«

»Keine Ahnung«, sagte Maria seufzend.

Kapitel 15

Die Tränen im Gesicht der Mexikanerin waren getrocknet, als sie am nächsten Vormittag die Tür ihrer Wohnung öffnete, nachdem es geklingelt hatte.

»Guten Morgen, Señora Fortmann«, sagte sie und bat Maria lächelnd hinein.

»Guten Morgen, Frau Martinez.« Sie folgte der Einladung und nahm auf einem Sessel gegenüber der schwarzhaarigen Frau Platz. »Wissen Sie, warum ich hier bin?« Penélope lehnte sich zurück, zog die Augenbrauen hoch und drehte die Handflächen nach oben.

»Ich habe keine Ahnung.«

»Frau Martinez, wir wissen von Ihrem Erbe.« Die ehemalige Haushälterin Springers schien nicht überrascht. Im Gegenteil: Sie lächelte breit und erzählte mit begeisterter Stimme.

»Esto no es normal! Ich kann es immer noch nicht fassen, dass sie mir überhaupt etwas hinterlassen hat.« Sie schmunzelte. »Okay, sí, ich gebe zu, dass ich mit ein klein wenig schon gerechnet habe, aber madre mia, das ist einfach unglaublich!«

»Nun, nachdem wir wissen, welche Worte Frau Springer in ihrem Abschiedsbrief an Sie gerichtet hat, finde ich es nicht mehr so unfassbar, wie Sie es tun.«

»Sí, ich verstehe.« Plötzlich wurde sie ernst. »Moment, wollen Sie mir etwa unterstellen, dass ich etwas mit ihrem Tod zu tun habe? Oder sie gar ermordet habe?«

»Haben Sie?« Penélope Martinez sprang auf und stemmte ihre Hände in die Hüften.

»Hören Sie, Señora Fortmann, ich bin unzählige Male mitten in der Nacht zu ihr gefahren, um sie gerade noch davon abzuhalten, sich das Leben zu nehmen. Warum sollte ich sie dann umbringen?« Maria räusperte sich.

»Ja, Sie haben recht, das hört sich verrückt an. Setzen Sie sich doch bitte wieder hin.« Die Mexikanerin folgte der Bitte und deutete ein Lächeln an.

»Ich kann ja verstehen, dass Sie nachfragen müssen. Und ich sage Ihnen jetzt etwas, das ich eigentlich gar nicht müsste und das mich selbst vielleicht sogar wieder verdächtig macht – aber ich möchte, dass der Fall vollkommen aufgeklärt wird.« Maria hing an den Lippen der Frau. »Señora Isabell hat sich nie Hilfe von einer Psychiaterin geholt und dennoch wurde es die letzten Monate besser. Sie fand wieder Mut und es kam kaum noch vor, dass ich sie vor einer Dummheit bewahren musste.«

»Sie schließen also einen Selbstmord aus?«

»Sí, ich bin mir sicher, dass sie sich nicht umgebracht hat. Dazu war sie zu gefestigt. Und sie hatte ja auch ihr neues Buch in Arbeit.« Sie schüttelte leicht den Kopf. »Vor 6 Monaten, als sie den Brief geschrieben hat, sí, da ging es ihr ganz schlecht. Aber vor zwei Wochen nicht mehr.«

»Eine Frage habe ich noch: Isabell schrieb in ihrem Brief von einer Sache, die Sie sich schon lange wünschen, die Sie mit der Erbschaft machen können. Was für eine Sache ist das?« Penélope grinste von einem Ohr zum anderen.

»In meinem Heimatdorf eine Schule zu bauen und für mich und meine Eltern ein schönes Strandhaus zu kaufen. Aber keines an der Nordsee, sondern eines am Golf von Mexiko.« Augenblicklich packte Maria das Fernweh, wobei ihr Mexiko etwas zu heiß erschien, sie war doch eher der nordische Typ.

»Dann wird Ihr Erbe hoffentlich reichen, um diesen Traum zu erfüllen.« Penélope grinste noch breiter, nahm den Laptop, der neben ihr auf dem Sofa stand, und stellte ihn auf den Tisch, sodass Maria den Bildschirm sehen konnte.

»Das hat mir gestern Abend Tom Feldmann noch telefonisch erklärt.« Sie zeigte auf den Monitor. ›Kindle‹, ›Berichte‹, ›Dashboard‹ las Maria und sie folgte dem Finger der Mexikanerin, die auf eine Zahl auf der rechten Seite deutete. »Das sind die Tantiemen, die ich demnächst überwiesen bekomme.« Maria rieb sich die Augen und schaute abermals dorthin. Las sie wirklich gerade diese Zahl? »Ich konnte es gestern auch nicht glauben, aber Señor Feldmann erklärte mir, dass alle ihre Titel durch die Decke gehen, seit ihre Entführung und Ermordung bekannt geworden ist, und deswegen diese fünfstellige Zahl nur der Anfang wäre.«

»Das war aber sehr freundlich von Herrn Feldmann. Er wollte Ihnen also nur behilflich sein.«

»Sí, natürlich. Er hat mir auch angeboten, sich um die Verwertung der älteren Bücher zu kümmern, für die ich die Rechte bekommen habe. Señor Feldmann meint, dass er alle bei großen Verlagen unterbringen könnte und ich damit sehr viel mehr Geld für meine Pläne bekommen würde.« Sie sah Maria stutzen. »Ich hatte ihm am Anfang unseres Telefonats davon erzählt und er sagte, dass Isabell ihm vor Monaten schon mal von einem sozialen Projekt in Mexiko erzählt hat, worüber sie nachdachte, aber er hätte das nicht mit mir in Verbindung gebracht.«

***

»Dreißigtausend Euro? In den gerade mal zwei Wochen?«

»Ja, Gose, ich weiß, wir haben den falschen Job.« Sie klopfte ihm tröstend auf den Rücken. »Und das ist nur die Kohle von den selbstveröffentlichten E-Books. Sie hat ja noch drei Verlagsbücher über Breitenfeld veröffentlicht, wofür sie auch einmal jährlich Kohle einstreichen wird. Und da zumindest ihr Debüt-Thriller schon unter den Top 50 ist oder war, kommt dadurch wohl noch 'ne ordentliche Stange drauf, sodass sie nachher trotz des Finanzamtes mit Sicherheit mit einem sechsstelligen Betrag in ihre Heimat zurückkehren kann.«

»Das stinkt doch alles zum Himmel. Erst recht, wenn sie sagt, dass es der Springer mittlerweile wieder gut ging.«

»Daran habe ich auch schon gedacht, aber sie hatte nun überhaupt keine Veranlassung, mir das zu erzählen. Schließlich hatte die Springer keine Kontakte, die uns das noch irgendwie auf die Nase hätten binden können.«

»Zusammenfassend können wir festhalten, dass jeder vom Tod Springers profitiert hat. Die Erben, gerade der Feldmann und die Martinez besonders, aber auch ihr Ehemann hat einen ordentlichen Schluck aus der Pulle bekommen, denken wir allein an die ganzen antiken Gegenstände wie ihre asbach-uralte Schreibmaschine, die auf dem sauteuer aussehenden Schreibtisch thronte.«

»Stimmt schon«, sagte Goselüschen und ergänzte die Aufzählung der Kollegin. »Der Breitenfeld-Verlag macht über den Mehrverkauf der älteren Bücher auch noch Kohle und wenn sie die Rechte für die anderen und die neuen Bücher erwerben, erst recht. Selbst der Meister hätte profitiert, allerdings kam er nicht mehr dazu, seine Prämie auszugeben. Bleibt nur Isabell Springer übrig, die als Verliererin aus der Sache geht. Es sei denn, sie hatte doch noch ihre suizidalen Gedanken und wollte genau das.«

Die beiden zuckten zusammen, als die Bürotür aufgerissen wurde und Sebastian hereingestürmt kam. Hektisch wedelte er mit einem Zettel über seinem Kopf.

»Ihr werdet es nicht glauben!«

***

Es hatte sich schnell herumgesprochen. Und so saßen sich jetzt Tom Feldmann, Vater und Sohn Breitenfeld am überdimensionierten Tisch gegenüber, an dem vor einigen Tagen bereits der Vertrag mit Isabell Springer unter Dach und Fach gebracht werden sollte. Doch dieses Mal fühlte sich Tom nicht nur wesentlich besser als beim letzten Treffen, bei dem er vom alten Breitenfeld noch behandelt wurde wie ein lausiger Schuhabtreter. Nein, er fühlte sich überlegen. Bereits beim Besuch des Alten in seiner Agentur hatte er gespürt, dass sich die Machtverhältnisse etwas zu seinen Gunsten verschoben hatten, und jetzt, da ihm nicht nur die Rechte an allen neuen Titel Isabells gehörten, sondern Penélope Martinez ihn gestern auch noch mit der Vertretung für die restlichen Werke beauftragt hatte, musste er sich zügeln, um nicht zu sehr von oben herab mit den Verlegern zu verhandeln.

»Tom, mein lieber Tom, wir haben uns da etwas überlegt, das wir Ihnen gerne unterbreiten möchten«, schleimte Hans Breitenfeld und Tom wunderte sich, dass es nicht aus dessen Mundwinkeln triefte. Interessanterweise machte Konrad Breitenfeld einen ablehnenden, teilweise schon abwesenden Eindruck auf ihn. Klar, er wusste, dass der Juniorpartner mit Isabell nie richtig warm geworden war und dass er immer etwas besorgt war, dass sie ihre Manuskripte nicht ganz allein kreiert hätte. Doch sie war tot und begraben. Sollten jetzt bei dem einen oder anderen neuen Buch von ihr, das post mortem veröffentlicht werden würde, Verdachtsmomente auftauchen, würde das den kurzfristigen Verkauf eher noch anheizen. Von daher war dieser Vertragsabschluss Gold wert – für Tom, Pénélope Martinez und für den Verlag, der den Zuschlag bekommen würde. Na ja, egal, was gingen ihn die Probleme Konrad Breitenfelds an? Genau, nichts. Er schnappte sich den Entwurf und schlug die erste Seite auf.

»Mh. Okay.« Er blätterte um und überflog lächelnd die nächsten Seiten, dann legte er die Papiere vor sich auf den Tisch und schob sie mit einem leichten Kopfschütteln dem alten Breitenfeld hinüber. »Das ist nicht Ihr Ernst, oder?« Klar, das Angebot war deutlich besser als das ursprüngliche, das sie Isabell unterbreitet hatten, und die hunderttausend Euro, die er unter der Hand dazubekäme, rundeten es schon in gewisser Weise ab. Doch Tom war klar, dass es hier um viel, viel mehr Geld ging. Allein die Verkaufszahlen der bereits veröffentlichten Bücher seiner verstorbenen Klientin gingen steil nach oben und für zwei ihrer selbstverlegten Titel wurde über seine Agentur nach einer Auslandsverwertung angefragt.

»Was genau stellen Sie sich vor, mein Lieber?«, warf jetzt Hans Breitenfeld den Ball in Toms Feld. Er nahm einen Kugelschreiber aus seiner Hemdtasche, zog den Vertragsentwurf wieder zu sich und begann, an den Zahlen das Komma eine Stelle nach rechts zu verschieben oder eine Null hinten anzuhängen. Ihm war vollkommen klar, dass er diese Zahlen nie würde durchsetzen können – egal, ob bei Breitenfeld oder bei einem der anderen Großverlage – aber er wollte ein

Zeichen setzen, dass er sich nicht unter Wert abspeisen lassen würde.

Hans Breitenfeld rückte seine Brille zurecht, las die geänderten Zahlen und schob die Papiere ohne eine Miene zu verziehen zu seinem Sohn. Der wollte gerade danach greifen, da flog die Tür auf und nacheinander betraten Maria Fortmann, Goselüschen und Waldner den Raum.

***

Die Sekretärin wollte die Polizisten nicht durchlassen, doch Maria bestand darauf, dass sie auch unangemeldet vorgelassen würden. Achselzuckend ging Eleonore Zeisner den Dreien aus dem Weg, die mit schnellen Schritten in den Konferenzraum verschwanden.

Maria überblickte schnell die Lage und zusammen mit den beiden anderen orientierte sie sich zu dem Mann, der der Tür am nächsten saß und sie mit unsicherem Blick anschaute.

»Was erlauben Sie sich?«, beschwerte sich Hans Breitenfeld vom anderen Ende des Tisches, während Tom Feldmann einfach nur überrumpelt und sprachlos schien.

»Konrad Breitenfeld, ich verhafte Sie. Ihnen wird der Totschlag Karl Meisters sowie die Beihilfe zur Entführung und Ermordung Isabell Springers zur Last gelegt«, sagte Maria und klärte ihn über seine Rechte auf, während Waldner und Goselüschen ihm die Arme auf den Rücken drehten und Handfesseln anlegten.

»Ich verstehe nicht«, sagte der alte Breitenfeld, doch er hörte sich schon nicht mehr so herrisch an wie zuvor.

***

Sie mussten auf der Dienststelle nur wenige Minuten warten, bis der Anwalt Breitenfelds auftauchte, der gerade im Begriff war, sich aufzuspielen.

»Ihr Mandant sitzt da drin«, sagte Goselüschen, »er ist über die Vorwürfe aufgeklärt und wir haben ihm noch nicht eine Frage dazu gestellt. Sie können sich jetzt gerne mit ihm austauschen«, nahm er dem Advokaten den Wind aus den Segeln.

»Was soll das alles hier?«, quäkte Breitenfeld.

»Ich hoffe inständig für Sie, dass Sie etwas Handfestes vortragen können, sonst dürfen Sie und Ihre Kollegen sich auf ein paar deftige Eingaben freuen«, ergänzte sein Anwalt.

»Bleiben Sie bei Ihrer Aussage vom letzten Mal?« Breitenfeld und der Anwalt schauten Maria an, als ob sie gerade klingonisch gesprochen hätte. Breitenfeld nickte.

»Natürlich.« Doch in seiner Stimme schwang etwas Unsicherheit mit. Maria zog das Dokument hervor und legte es vor Breitenfeld auf den Tisch, sodass er und sein Beistand es sehen konnten. Das Dokument, mit dem vor etwas über einer halben Stunde Sebastian in ihr Büro gerannt gekommen war. Das Dokument, das vom Landkreis Aurich ausgestellt und an Karl

Meister adressiert war, auf dem ein kleines Schwarz-weiß-Foto eindeutig Konrad Breitenfeld zeigte.

Mittels seiner *Krake*, so nannte Sebastian liebevoll das Programm, das im Laufe eines Falles auf alle ins System fließenden Daten zugriff, die bestimmte Schlagwörter bedienten, erlangte er Kenntnis von diesem Bußgeldbescheid. Grund dafür war eine Geschwindigkeitsüberschreitung, die ein stationäres Kontrollgerät des Landkreises registriert und eine Aufnahme vom Wagen Meisters mit Breitenfeld am Lenkrad gemacht hatte, und zwar wenige Minuten, bevor er etwa 10 Kilometer vom Ort des Blitzens entfernt aus der Ems geborgen wurde. Zu der Zeit, in der sich Konrad Breitenfeld laut Aufnahmen der Überwachungskameras im Verlagshaus aufgehalten hatte.

»Erkennen Sie den Mann auf dem Foto?« Breitenfeld schaute zu seinem Anwalt, der nur seufzte.

»Angenommen, der Mann auf diesem Foto wäre mein Mandant, was würden Sie uns damit sagen wollen?«

»Schauen Sie sich das Datum und die Uhrzeit an und auf wen der Wagen zugelassen ist.« Maria deutete auf die jeweiligen Daten, während sie sie aufzählte. »Das ist Ihr Mandant, der den Wagen des Mannes fährt, der kurz darauf tot aus der Ems geborgen wurde. Zu einer Zeit, in der er uns weismachen wollte, in seinem Büro gewesen zu sein.«

»Dann stimmen die Daten auf dem Bescheid nicht. Wäre nicht das erste Mal, dass die Kästen nicht richtig funktionieren.« Ein Handy klingelte. Goselüschen entschuldigte sich und ging für das Gespräch kurz vor die Tür.

»Gänzlich auszuschließen ist das natürlich nicht«, erklärte Goselüschen, nachdem er das Telefonat beendet hatte. »Das lassen wir gerade prüfen. Was wir allerdings gerade überprüft haben, ist die Verbindung von Ihrem Büro, Herr Breitenfeld, über den Lastenaufzug ins Erdgeschoss, hinter dem Lager der Druckerei vorbei zum östlichen Nebeneingang, der nach hinten rausführt. Und siehe da: Auf dem gesamten Weg von ihrem Schreibtisch bis zum Bürgersteig vor dem Gebäude wird man von keiner Kamera eingefangen, wenn man weiß, wo sie angebracht sind.«

»Können wir davon ausgehen, dass Sie über diesen Weg informiert sind?«, wollte Maria wissen.

»Sie müssen darauf jetzt nichts sagen«, mahnte der Anwalt.

»Vergessen Sie es, irgendwie kommt es ja doch raus«, sagte Breitenfeld mit leiser Stimme. Noch einmal intervenierte der Rechtsvertreter, doch sein Mandant hatte sich entschieden.

»Dann bitte der Reihe nach«, forderte Maria ihn auf.

»Bis zu dem Punkt, an dem er mich niedergeschlagen hat, wissen Sie es ja schon.«

»Dabei wollen Sie bleiben?«

»Ja, so war es schließlich. Allerdings ging es dann anders weiter, als ich es erzählt habe.« Maria und ihre Kollegen folgten interessiert den Ausführungen des Mannes, der nur noch ein Schatten seiner selbst war, wie er dort auf dem Stuhl kauerte.

Nach dem Faustschlag, mit dem er niedergestreckt worden war, hatte sich Meister über ihn gebeugt und ihm wie beiläufig erzählt, dass er in der Nacht zuvor die Autorin entführt und sie wie in ihrem ersten Buch, das er die Tage davor fasziniert gelesen hätte, gefoltert und schließlich verbrannt hätte. Und da er, Breitenfeld, ihn quasi dafür angeheuert hätte, würde er richtig tief mit drinstecken in der Sache. »Seine Stimme war kalt wie Eis«, sagte Breitenfeld und zitterte tatsächlich etwas dabei. Und weil sie beide ja Komplizen wären, sagte Meister, müsste er sich auch um ihn kümmern.

»Also hat er Sie erpressen wollen?«, hakte Goselüschen nach. Breitenfeld nickte kräftig.

»20.000 würden für den Anfang reichen, hat er gemeint und mir einen Tritt verpasst. Darauf zog ich meine Waffe.« Er hob sofort beide Hände. »Ein Revolver, der nicht funktionstüchtig ist, aber das sieht man nicht. Ich hatte Panik und wusste nicht, was ich überhaupt machen sollte. Bis dahin hatte ich ja die Hoffnung, dass er sie in irgendeiner Garage eingesperrt hätte und am nächsten Tag wieder laufen lassen würde.« Er streckte seinen Rücken durch, ließ aber gleich wieder die Schultern sinken. »Als Meister die Waffe gesehen hat – er wusste natürlich, dass sie echt war – hatte ich seinen Respekt. Das konnte ich in seinen Augen sehen. Dann jedoch verdrehte er sie, griff sich an die Brust und sackte auf die Knie. Meine Panik stieg wieder an, ich dachte erst, es wäre ein Trick, aber er hörte auf zu atmen. Könnte ich etwas zu trinken bekommen?« Waldner holte aus der Ecke eine

Flasche Wasser und goss ihm ein Glas voll. Gierig trank er es leer. »Danke. Ich wollte erst einfach abhauen und ihn liegenlassen, aber ich hatte Angst, dass mich jemand mit ihm zusammen gesehen hat. Daher habe ich eine Herzmassage bei ihm gemacht, was gar nicht so einfach war. Der Typ besteht fast nur aus Muskeln.« Maria fiel der Bluterguss am Brustkorb Meisters ein, den Dr. Hallig festgestellt und dem Aufprall aufs Lenkrad zugeschrieben hatte. Sie kritzelte es auf einen Zettel und schob ihn zu Waldner. Der verstand sofort und verließ den Raum. »Wie durch ein Wunder atmete Meister wieder. Aber ich hatte immer noch Panik. Da bin ich zu meinem Auto gerannt und habe eine Dose mit K.-O.-Tropfen geholt, von denen ich ihm ein paar eingeflößt habe.«

»Warum haben Sie so etwas im Wagen?«, wollte Maria wissen. Breitenfeld sah hilfesuchend zu seinem Anwalt, der den Kopf schüttelte. Okay, dann nicht, dachte sich Maria und notierte innerlich, den bekannten Vergewaltigungsopfern der letzten Jahre, die mittels GHB gefügig gemacht worden waren, ein Foto Breitenfelds zu zeigen.

»Der Mann hatte einen Herzstillstand und Sie geben ihm GHB?«, schrie Goselüschen fast. »Dann hätten Sie ihn auch gleich verrecken lassen können.«

»Ja, das weiß ich heute auch. Aber als es passiert ist, wollte ich ihn einfach nur schnell ruhig stellen und ihn irgendwohinfahren, wo ich ihn zwingen konnte, seine Aussage zu wiederholen und sie aufzunehmen. Ich wollte mich nur absichern. Ich habe ihn also in seinen

Wagen gewuchtet, bin damit bis in die Nähe des Verlags gefahren, wo ich Frau Zeisner angewiesen habe, meine Termine abzusagen und Feierabend zu machen. Nachdem ich mich etwas frisch gemacht habe, bin ich über den Hinterhof wieder raus zum Wagen. Da hat Meister schon kaum noch geatmet. Kurz darauf hörte er wieder auf und dieses Mal halfen die Wiederbelebungsversuche nichts. Ich habe Panik bekommen. Nach kurzem Überlegen habe ich ihn in der Nähe der Schleuse mit seinem Wagen versenkt. Ich hatte gehofft, dass es ein paar Tage dauern würde, bis er gefunden wird.«

»Das war alles?«

»Ja, Frau Fortmann. Dass er Isabell entführt und ermordet, wollte ich nicht. Das müssen Sie mir glauben!«

»Ob ich Ihnen das glaube, ist nicht wichtig. Die Frage ist vielmehr, wie die Staatsanwaltschaft und der Richter das sehen werden.« Sie stand auf und schaute zum Anwalt. »Sie klären Ihren Mandanten sicher auf, worauf er sich nach dieser Aussage einstellen kann.« Er nickte und atmete tief ein und aus, dann klopfte er Breitenfeld auf die Schulter.

»Kommen Sie, wir haben noch viel zu besprechen.«

Kapitel 16

Drei Monate später

Dr. Hallig hatte noch am Tag der Vernehmung bestätigt, dass die Verletzungen und der Todeseintritt exakt so eingetreten sein könnten, wie Konrad Breitenfeld es geschildert hatte.

Wegen seiner umfänglichen Kooperation mit der Staatsanwaltschaft verhängte man gegen ihn wegen Verstoßes gegen das Betäubungsmittelgesetz, Behinderung der Justiz, fahrlässiger Tötung und anderer Delikte, unter anderem wegen unsachgemäßer Entsorgung ölabscheidender Gerätschaften – also dem Versenken des Wagens in der Ems – eine Freiheitsstrafe, die zur Bewährung ausgesetzt wurde. Zusätzlich musste er ein Strafgeld im sechsstelligen Bereich zahlen.

»So ist das doch immer«, sagte Goselüschen, nachdem sie vom Ergebnis der Verhandlung erfahren hatten, »die Kleinen hängt man und die Großen lässt man laufen.«

»Ach Gose, du weißt doch nicht erst seit gestern, wie das vor sich geht. Warum noch darüber aufregen? Wenn es dir absolut nicht passt, geh in die Politik und mach andere Gesetze.«

»Du spinnst wohl, Politiker sind die größten Verbrecher überhaupt. Ich will doch noch in den Spiegel sehen können.«

»Na eben«, sagte Maria. »Dann halt doch einfach die Klappe.«

»Ja sofort, aber eines muss ich noch loswerden.«

»Und zwar?«

»Na, ist dir gar nichts aufgefallen? Basti hat doch prophezeit, dass einer von uns beiden den Fall nicht überleben wird.« Jetzt fiel auch bei Maria der Groschen. Sie lachte.

»Zum Glück hat er da etwas zu schwarz gesehen, sag ich jetzt mal. Aber eine Frage bleibt tatsächlich ungeklärt.«

»Wenn Meister sie mit dem Boot entführt hat, warum habe ich dann seinen Wagen nicht gesehen, als ich zum Strandhaus gefahren bin? So schnell konnte er von der Räucherei doch gar nicht wieder zu seinem Auto kommen.«

»Das hast du doch damals schon angemerkt. Und war es nicht Basti, der sagte, dass es dermaßen geschifft hat, als du dahin gefahren bist, dass du den Wagen deswegen vielleicht nicht wahrgenommen hast?«

»Ich weiß es auch nicht mehr«, erwiderte Maria und zuckte mit den Schultern.

»Wie sieht's aus, kommst du nachher mit Sylvia noch in den Pub? Kalle, Basti und Katja kommen auch.«

»Da kann ich ja nicht nein sagen.«

Kapitel 17

Weitere 4 Monate später, südlich von Veracruz, Mexiko

Penélope lächelte, als sie die Nummer auf dem Display erkannte. Eigentlich hatte sie erst im nächsten Monat mit seinem Anruf gerechnet.

»Buenos dias, Tom, wie geht´s dir?« Nach einem kurzen Knacken in der Leitung hörte sie die ihr bekannte Stimme fröhlich antworten.

»Guten Morgen? Bei euch vielleicht. Hier geht es auf den Feierabend zu.« Er lachte kurz auf. »Okay, bis dahin sind es noch ein paar Stunden.«

»Ach, es ist so ein fantastischer Tag, Tom, du müsstest hier sein, dann könntest du selbst sehen, wie die Morgensonne das grüne Wasser zum Glitzern bringt.«

»Hör bloß auf, hier regnet es bei zehn Grad. Drecks Ostfrieslandwetter.«

»Du magst das doch, mein Freund.«

»Ertappt. Aber es ist ein Ferngespräch, da will ich es nicht unnötig in die Länge ziehen. Ich wollte dir nur sagen, dass der Vorschuss von Breitenfeld für deine Titel aufgerechnet ist.«

»Was heißt das? Bekomme ich nun nichts mehr?«

»Haha, du bist süß. Im Gegenteil: Das heißt, dass sich die Titel so gut verkauft haben, dass sie deine Tantiemen lange wieder reingeholt haben. Rechne

Anfang nächsten Jahres mit einer Zahlung im hohen sechsstelligen Bereich. Dann wird deine Schule bezahlt sein.«

»Sí, gracias, Tom. Das sind fantastische Nachrichten. Bleibt dann sogar noch was übrig?«

»Mit Sicherheit. Wieso, hättest du noch weitere Ideen?«

»Sí«, erwiderte sie lachend. »Hier gibt es eine Menge zu tun, wozu das Geld an allen Ecken und Enden fehlt.«

»Nicht, dass Isabell post mortem noch heiliggesprochen wird«, sagte er, worauf eine kurze Pause entstand.

»Vielleicht.«

»So, nun muss ich Schluss machen. Ich habe noch einen Termin.«

»Danke für deinen Anruf, Tom, und viele Grüße nach Ostfriesland.«

»Danke, grüß du auch die anderen. Und nächstes Jahr schaffe ich es bestimmt, euch mal da zu besuchen.« Penélope drückte auf das rote Symbol und trennte damit die Verbindung. Sie legte das Smartphone zur Seite und trat ans Fenster, von wo aus sie ihre Mutter beobachtete, die gerade die Pflanzen ihres Gartens mit Wasser versorgte. Sie hatten sich sofort darauf einigen können, dass ihre Eltern das Erdgeschoss der zweistöckigen Strandvilla bezogen, weil ihr Vater eh schon Hüftprobleme hatte.

Sie zuckte zusammen, als jemand hinter sie trat und sich an ihren Rücken drückte. Zärtlich umschlossen sie zwei Arme.

»Buenos dias, meine Liebe, hast du gut geschlafen?«
Der knabbernde Kuss an ihrem Nacken ließ Penélope
erzittern.

»Sí«, hauchte sie.

»Der Anruf, war das Tom?«

»Sí.« Ihre Hände wanderten zu denen, die sie fest-
hielten. Penélope löste sie zärtlich von sich und drehte
sich herum. Ihr Blick fiel auf die Hand in ihrer: Die
Narbe am Stumpf des Ringfingers war gut verheilt und
kaum noch zu sehen. Sie küssten sich. Nach einem
Moment löste sich die Mexikanerin. »Ich habe Frühstück gemacht, so wie du es magst.«

»Ich mag es genauso, wie du es magst, das weißt du
doch. Was hat Tom gesagt?«, fragte sie, während sie
ins Nebenzimmer zum reich mit Obst und Gebäck
gedeckten Tisch ging.

»Die Zahlen sind wohl besser, als wir – als du es je
gedacht hättest.«

»Das ist das Perverse in unserer Welt: Du
bekommst als Künstler meist erst nach deinem
Ableben die Anerkennung, die dir zusteht.« Sie gossen
sich ein Glas Orangensaft ein und stießen spielerisch
damit an.

»Vermisst du es nicht? Dein altes Leben?« Isabell
wurde ernst.

»Bislang noch keine Sekunde und ich kann mir nicht
vorstellen, dass sich das jemals ändern wird. Vermisst
du es? Deutschland?« Penélope überlegte kurz, bevor
sie antwortete.

»Ein wenig vermisse ich den Regen und etwas mehr vermisse ich die aufregenden letzten Monate, bevor ich dir hierhin hinterher reisen konnte.«

»Ja, das war wirklich spannend. Und wenn dieser Meister nicht zu gierig geworden wäre ...«

»Sí, dann wäre niemand zu Schaden gekommen.«

»Eben«, sagte Isabell, »die Leiche der Frau, die wir vom Friedhof geholt haben, hat von ihrer Feuerbestattung nichts mehr mitbekommen.«

Sie hatten sich schon mehrfach in ihren Gesprächen darüber ausgetauscht und gemutmaßt, warum Meister den Hals nicht vollbekommen hatte. Dabei hätte alles so unspektakulär ablaufen können. Dass er beobachtet, wie Penélope Isabell zum Boot begleitet, ihr dort noch einen Kuss gibt und mitbekommt, dass sie einen Schuh dort liegenlässt, war nicht eingeplant. Das allein wäre aber nicht zum Problem geworden. Auch nicht, dass er Penélope heimlich zur Räucherei gefolgt ist und die beiden überraschte, als sich Isabell schon verstümmelt hatte, sie gerade ihr Blut um den Stuhl herum verteilten. Nein, das war sogar praktisch gewesen, da er die schwere Frauenleiche zum Ofen trug. Schnell hatten sie ihn eingeweiht und ihm monatlich 5.000 Euro Schweigegeld geboten, womit er sofort einverstanden gewesen war.

Dass er hinterher Konrad Breitenfeld erpressen wollte, konnten sie nicht ahnen. Und dass er in der Folge dann verstorben ist – Penélope hatte in der Presse von einem Aneurysma gelesen, das wohl bei ihm geplatzt sei, was allerdings zu jeder anderen Zeit auch hätte passieren können – sahen sie als Zeichen. So konnten sie den ursprünglichen Plan der vermeintlichen Ermordung beibehalten, die nach dem Muster ihres ersten Thrillers ablaufen sollte, was für eine dramatische Berichterstattung und für Buchverkäufe in schwindelerregender Höhe sorgen würde.

»Sí, du hast schon recht. Wir haben eigentlich alle gewonnen. Selbst dein verwitweter Mann Simon und Tom. Apropos: Tom möchte mich tatsächlich besuchen. Was würde der wohl sagen, wenn er dich hier anträfe?« Isabell schaute ihrer Geliebten tief in die Augen.

»Ich glaube, er wäre gar nicht so überrascht.« Penélope verengte die Augen und fixierte die Schriftstellerin.

»Willst du damit sagen, dass er –?«

»No«, beruhigte Isabell sie lachend. »Er hat keine Ahnung, denke ich.« Die Mexikanerin atmete tief durch.

»Hoffentlich stimmt das. Mir hat es gereicht, dass du mir erst hier davon erzählt hast, dass dein Ehemann eingeweiht war. Noch so eine Information hält mein kleines Herz nicht aus.« Isabell beugte sich zu Penélope hinüber und streichelte sanft durch ihr Gesicht.

»Ich habe dir doch erklärt, dass ich irgendwen das Boot abholen und die Drohmails schreiben lassen musste und Simon und ich hatten uns doch schon Jahre vorher auseinandergelebt. Dass ihr beide nicht voneinander wusstest, meine Komplizen zu sein, diente nur eurem Schutz. So wart ihr bei den Befragungen authentisch.«

»Du bist eine wahre Teufelin, wie konntest du nur Romance schreiben?«

»Du weißt doch, der Teufel bestraft nur die Sünder.« Abermals prosteten sie sich zu und lächelten einander an.

Danksagung

Eine Geschichte zu schreiben ist einfach. Daraus hingegen ein Buch entstehen zu lassen, ist ein umfangreiches Unterfangen. Für einen allein eine fast nicht zu bewältigende Aufgabe – jedenfalls für mich. Daher möchte ich mich bei allen herzlich bedanken, die sich – in welcher Form auch immer – eingebracht haben, damit aus meiner Geschichte ein fertiges Buch werden konnte.

Ein ganz spezieller Dank geht an Petra Thole von der Kripo Cloppenburg, die mich in allen Fachfragen hervorragend unterstützt und beraten hat.

Für die fachmännische Unterstützung in allen medizinischen Belangen bedanke ich mich herzlich bei Robert Splittgerber und seiner Kollegin Svenja. Besonderer Dank gilt Tanja Loibl, welche wieder geholfen hat, meine verquere Aneinanderreihung von Wörtern zu lesbaren Sätzen umzuformulieren, soweit ich es zugelassen habe, und hoffentlich die meisten Fehlerteufel aus diesem Werk vertrieben hat. Nicht zu vergessen, meine vielen Testleser. Von denen möchte ich folgende hervorheben, da diese mir, nicht immer schöne, aber konstruktive Kritiken geschrieben haben: Iris Freinberger, Linda M. Berg, Drea Summer, Anja Lang, Beate Majewski, Birgit Van Troyen, Bianca Kober, Verena Dagge und Corinne Heimgartner. Vielen Dank euch allen!

Über den Autor

Der Autor, 1970 geboren, lebt im niedersächsischen Vechta und ist Vater zweier erwachsener Kinder. Der Krimi *Mordseelügen* ist seine zwölfte Veröffentlichung. Die Idee, Geschichten zu erzählen und Bücher daraus entstehen zu lassen, kam quasi über Nacht.

Selbst ist er großer Fan von Büchern Stephen Kings, Dean Koontz´ und John Grishams. Natürlich hat auch die Harry Potter-Reihe von J. K. Rowling einen festen Platz in seinem Bücherschrank.

Besucht ihn auf www.marcus-ehrhardt-autor.de, bei Facebook auf der Autorenseite Marcus Ehrhardt oder auf Instagram unter Marcus.Ehrhardt.Autor. Damit Sie keine Neuveröffentlichung oder Preisaktion verpassen, abonnieren Sie hier den 4-5 Mal im Jahr erscheinenden Newsletter.

Bisher erschienen:
- *Fremde Angst – Burns Creek* (08/2017)
- *Fremde Angst – Nemesis* (10/2017)
- *Der Tote vom Stoppelmarkt* (12/2017)
- *Im Namen des ...* (02/2018)
- *Die Klaviatur der Gerechtigkeit* (05/2018)
- *Mordseerauschen* (07/2018)
- *Von Hass getrieben* (10/2018)
- *Mordseeflüstern* (11/2018)
- *Mordseegrollen* (01/2019)
- *Dein Glück stirbt in 4 Tagen* (03/2019)
- *Mordseegrauen* (04/2019)

Eine Bitte am Schluss

Liebe LeserInnen des Buches *Mordseelügen:* Jeder hat andere Vorlieben und Sichtweisen. Und ich maße mir nicht an, ein Buch schreiben zu können, das jedem gefällt. Jedoch bin ich bestrebt, dass jeder gut unterhalten wird, der eines meiner Bücher liest. Daher bitte ich darum, nach Beendigung des Buches eine Rezension oder eine persönliche Bewertung zu hinterlassen. Ich werde jede seriöse Kritik lesen und sie gegebenenfalls in mein weiteres Wirken einfließen lassen.

Dafür im Vorfeld bereits vielen Dank!